Ulrike Rylance
Villa des Schweigens

© Mary Grace Long

Ulrike Rylance, geboren 1968, studierte Anglistik und Germanistik in Leipzig und London. Nach dem Studium lebte sie zehn Jahre in London und arbeitete als Deutschlehrerin für Kinder und Erwachsene. Heute lebt sie mit ihrem Mann und ihren zwei Töchtern in Seattle, USA. Mit dem vorliegenden Roman war Ulrike Rylance für den Hansjörg-Martin-Preis nominiert.

Weitere Titel von Ulrike Rylance bei dtv junior: siehe Seite 4

Ulrike Rylance

Villa des Schweigens

Thriller

Deutscher Taschenbuch Verlag

Von Ulrike Rylance ist außerdem bei dtv junior lieferbar:
Ein Date für vier
Todesblüten

Das gesamte lieferbare Programm von dtv junior
und viele andere Informationen finden sich unter
www.dtvjunior.de

MIX
Papier aus verantwortungsvollen Quellen
FSC® C019821

Neuausgabe
2. Auflage 2013
2012 Deutscher Taschenbuch Verlag GmbH & Co. KG,
München

Dieses Werk wurde vermittelt durch die Literaturagentur
Kai Gathemann, München
Umschlagkonzept: Balk & Brumshagen
Umschlaggestaltung: Ruth Botzenhardt
Lektorat: Katja Frixe
Gesetzt aus der Charlotte 11/14'
Gesamtherstellung: Druckerei C. H. Beck, Nördlingen
Gedruckt auf säurefreiem, chlorfrei gebleichtem Papier
Printed in Germany · ISBN 978-3-423-71513-3

Hass.

Laut Wörterbuch eine sehr starke Abneigung gegen jemanden oder etwas. Synonyme sind Abscheu und Übelwollen. Kein Plural.

Wie lächerlich. Das reicht nicht aus. Was ich für das Mädchen empfinde, ist mehr als Abscheu oder Übelwollen. Hass ist, wenn man jemandem den Tod wünscht.

Wenn man diesen Jemand zum Schweigen bringen will.

Für immer.

Gegenwort ist Liebe.

1. Kapitel

Ein Zimmer zu finden hatte ich mir einfacher vorgestellt. Oder war ich zu wählerisch? Auf jeden Fall hatte ich wohl unterschätzt, wie viele seltsame Typen es auf dieser Welt gab, in deren Wohnung ich auf keinen Fall einziehen wollte. Selbst wenn es nur für ein paar Wochen war. Verkeimte Küchen bei computersüchtigen Freaks, die mehr oder weniger im Dunkeln lebten, Zimmer von der Größe eines Handtuches oder – hysterischer Höhepunkt vor zehn Minuten – eine spießige Mädchen-WG, wo eine Liste mit Putzpflichten an der Küchentür hing. Sie wollten nur Mädchen – Jungs waren ihnen zu unordentlich. Am liebsten hätten sie mich gleich dabehalten, obwohl ich sofort abgelehnt hatte. Nichtsdestotrotz hatten sie mir ihre Telefonnummer aufgedrängt. *Für alle Fälle.*

Ich seufzte und blinzelte in die Sonne. Es war Mitte Juli und wahnsinnig heiß.

Die letzte Adresse auf meiner Liste war laut Leipziger Stadtplan gar nicht so weit weg. Ich schwang mich auf mein Fahrrad und hoffte, dass das jetzt etwas Vernünftiges war. Wenn ich noch einen Tag länger bei Tante Franziska und dem Geplärre ihrer einjährigen Zwillinge verbringen musste, würde ich durchdrehen. Außerdem hatte ich keine Lust, neben meinem Ferienjob als ewiger kostenloser Babysitter herhalten zu müssen. So niedlich die Zwillinge auch aussahen – nicht mit mir.

Ich bog jetzt rechts ab und bemerkte, dass die großen Mietshäuser verschwunden waren und stattdessen vornehme Villen die Straße säumten. Riesige Kastanienbäume spendeten Schatten. Ein Luftzug war aufgekommen und erzeugte ein Rascheln in den Blättern.

War ich hier richtig? Ich konnte mir nicht vorstellen, dass hinter irgendeiner dieser eleganten Stuckfassaden ein Zimmer zu vermieten war, das ich auch nur ansatzweise mit meinen geringen Mitteln bezahlen konnte.

Ich hielt an und sah erneut auf meinen Zettel. Nummer 34 befand sich am Ende der Straße. Eine große, alte Villa, nicht ganz so herausgeputzt wie ihre Schwestern weiter vorn in der Gegend, aber dennoch beeindruckend. Sie stand ein wenig zurückgesetzt und von Büschen und Bäumen fast vollständig verdeckt in einem Garten. Ein Kiesweg führte zur Eingangstür, über der sich ein dicker Steinengel an das Mauerwerk schmiegte. Ich stieg vom Fahrrad und legte den Kopf in den Nacken. Das Haus sah aus, als ob es schlief. Es kam mir dunkler und größer als die Nachbarhäuser vor. Einen Moment lang glaubte ich, eine Bewegung hinter einem der Fenster im Erdgeschoss wahrzunehmen.

Mir fiel auf, wie still es hier war. Still und so viel dämmeriger als der Rest der Straße. Fast kam es mir vor, als ob die Sonne sich nie hierher verirrte. Auf einmal bekam ich Gänsehaut, dabei hatte ich doch eben noch geschwitzt. Es war merkwürdig. Ich konnte nichts erkennen, aber dennoch hatte ich das Gefühl, beobachtet zu werden. Wahrscheinlich sollte ich einfach wieder verschwinden. Bestimmt hatte ich die Adresse falsch aufgeschrieben.

In diesem Moment begann jemand, in der alten Villa Klavier zu spielen. Und nicht nur einen stümperhaften Flohwalzer – nein, eine wunderschöne, romantische Melodie. Ich stand da wie verzaubert, unfähig, mich von der Stelle zu bewegen. Ein Sonnenstrahl brach plötzlich durch das dichte Geäst und tauchte die Villa in mildes Nachmittagslicht.

Wie albern ich mich anstellte. Ich sollte jetzt endlich klingeln und mir das Zimmer ansehen, das aller Wahrscheinlichkeit nach sowieso schon vermietet war. Forsch marschierte ich den Weg entlang, holte tief Luft und legte den Finger auf die Klingel. Wie aus einem Reflex heraus sah ich kurz nach oben.

Der Steinengel hockte direkt über mir und hatte anstelle der Augen zwei leere Löcher.

2. Kapitel

Die Tür ging auf, noch bevor ich die Klingel gedrückt hatte. Ich weiß nicht, was ich erwartet hatte. Wahrscheinlich eine hutzlige alte Haushälterin mit Schürze, die mir mit abschätzigem Blick mitteilen würde, dass der Herr Professor im Moment nicht zu sprechen sei. So etwas in der Art.

Auf jeden Fall nicht einen schlaksigen jungen Typen, nur einen Tick älter als ich, mit halblangen Haaren, schmaler Brille, Jeans und seltsam gemustertem T-Shirt. Oder waren das Flecken? Ein merkwürdig süßlicher Geruch wehte mir entgegen.

»Hallo«, sagte ich. »Ich komme wegen dem Zimmer.« Meine Stimme klang quietschig, höher als sonst.

»Gott sei Dank«, sagte der Junge, ohne eine Miene zu verziehen. »Ich dachte schon, du wärst von den Zeugen Jehovas.«

Und während ich ihn noch verwirrt ansah, fing er so unvermittelt an zu kichern, dass ich intuitiv ein Stück zurückwich. Die Klaviermusik hörte auf zu spielen und ein Mädchen mit kurzen blonden Haaren und einem dunkelblauen Kleid trat hinter ihm aus einem Zimmer heraus. Sie sah mich fragend an.

Mist, hatte ich doch an der falschen Tür geklingelt? Wie peinlich.

»Ich komme wegen dem Zimmer«, wiederholte ich, diesmal noch unsicherer als zuvor. »Ist es noch frei?«

»Klar«, sagte der Junge nach einer Sekunde des Zögerns und machte eine einladende Handbewegung, die vornehm und spöttisch zugleich wirkte. Er trat zur Seite, um mich hereinzulassen. Das Mädchen lächelte jetzt, wenn auch mehr zu sich selbst. Ich konnte sehen, dass ihre Haare an der Seite schwarzblond gestreift waren.

»Ich bin Nina«, sagte ich und fragte mich, wo ich hier gelandet war.

»Julius.« Der Junge marschierte vor mir durch einen engen Vorraum, ohne sich umzudrehen. Rechts ging eine Tür ab, wahrscheinlich in den Keller. Danach kam eine großzügige Eingangshalle mit hohen Decken und altem Parkett. Hier drinnen war es angenehm kühl, wahrscheinlich weil kaum Licht hereinkam.

»Ich bin Claire«, sagte das Mädchen und streckte mir lächelnd die Hand entgegen. »Was machst du denn hier in Leipzig?«

»Ich habe einen Ferienjob in einer Anwaltskanzlei«, antwortete ich, froh, dass zumindest sie ein wenig Interesse zeigte. Wir folgten dem Jungen. Wahnsinn, wie viel Platz hier war. Man hätte in der Halle tanzen können, wie in einer alten Hollywood-Komödie. Nur ein bisschen dämmrig war es. Aber warum hatte Julius kurz gezögert, ehe er mich hereinließ? Entweder das Zimmer war noch frei oder nicht, was gab es da zu überlegen?

Eine breite Treppe führte rechts ins obere Geschoss. Jemand hatte ein orangefarbenes Verkehrshütchen auf eine der Stufen gestellt. Oben war alles dunkel.

Julius blieb stehen. »Da ist gesperrt.« Er wedelte mit der Hand in Richtung Treppe. »Wir wohnen nur unten. Hochzugehen ist keine gute Idee.«

Ich blieb erschrocken stehen.

»Baufällig«, sagte er mit amüsiertem Gesichtsausdruck. »Keine Geister.« Er riss eine Tür auf. »Voilà!« Offenbar liebte er große Gesten. Nun gut, ich würde schnell einen Blick in das Zimmer werfen und mich dann schleunigst verabschieden.

»Zweihundert Euro im Monat. Schnäppchenpreis, sozusagen.« Er klang selbst ganz beeindruckt. »Für wie lange möchtest du denn einziehen?«

»Nur so lange, wie ich in der Kanzlei arbeite«, meinte ich. »Also bis Ende August.«

»Dann sagen wir doch dreihundert Euro für die ganze Zeit«, sagte er lässig.

»Das ist aber billig«, sagte ich überrascht und sah an ihm vorbei durch die Tür. »Ich ...«

Einen Moment lang verschlug es mir die Sprache. Das Zimmer war riesig. Es hatte ebenfalls Parkettfußboden und gläserne Flügeltüren am anderen Ende, die offenbar in den Garten führten. Knorrige

Äste pressten sich von außen an die Scheiben. Kein Mensch, den ich kannte, wohnte so.

Die Wände waren in einem ungesunden Grünton gestrichen, aber damit konnte ich leben. Ich ertappte mich dabei, wie ich in Gedanken bereits Möbel umstellte und Bilder aufhängte.

»Wieso eigentlich zweihundert?«, unterbrach ich schließlich das gemeinsame Schweigen. »In der Anzeige stand doch zweihundertfünfzig?«

Dass ein Mietpreis runterging, hatte ich in meinem Leben noch nie gehört, und es machte mich stutzig. War irgendwas mit dem Zimmer?

»Hat sich geändert«, meinte Julius gleichmütig. »Schau dich in Ruhe um, ich bin dann in der Küche, wenn du so weit bist.«

Er schien davon auszugehen, dass ich das Zimmer nehmen würde. Und welcher logische Grund sprach dagegen? Etwas Besseres würde ich für den Preis bestimmt nicht finden.

»Woher kommst du?«, fragte Claire. Sie war mit mir im Zimmer geblieben.

Ich murmelte den Namen meiner kleinen Stadt, die mir in dieser unbeschreiblichen Villa noch provinzieller und spießiger als sonst vorkam, aber Claire hatte offenbar nur der Form halber gefragt, denn sie redete sofort weiter. »Ich bin aus Leipzig. Hatte eigentlich vor, in Weimar zu studieren, die wollten mich aber nicht. Musik«, fügte sie erklärend hinzu. »Da fange ich eben im Herbst hier an. Hauptfach Klavier.«

»Was ich gehört habe, klang doch toll«, sagte ich und betrachtete den alten Schreibtisch, der bereits hier stand, und das Bett. Sogar ein Schrank und ein paar Bücherregale waren vorhanden. An der Wand hing ein Kalender mit Landschaftsfotos. Schottland? Ich trat näher. Der Kalender war von diesem Jahr und jemand hatte noch Anfang Juli »Zahnarzt« hineingekritzelt.

»Geht so«, antwortete Claire. »Man ist nie gut genug. Ich werde übrigens meistens in der Hochschule üben«, ergänzte sie schnell. Offenbar hatte sie Angst, dass mich ihr ständiges Klaviergeklimper davon abhalten würde, dieses unglaubliche Zimmer zu mieten. Sie hatte ja keine Ahnung. Aber die Sache mit der Miete ließ mir keine Ruhe.

»Weißt du, warum das Zimmer plötzlich billiger ist?«, fragte ich.

Claire zuckte mit den Schultern. »Julius hat heute mal einen guten Tag«, war ihre schlichte Erklärung. Ich fand es immer noch komisch, beschloss aber, nicht weiter darüber nachzudenken. Das hier war die Chance meines Lebens. Wenn meine Eltern dieses Zimmer hätten sehen können! Ihren Gesichtern beim Abschied nach zu urteilen, hatten sie mich wohl schon heulend in einem Abrisshaus oder auf der Straße sitzen gesehen. Ich schob die Vorhänge zur Seite und öffnete die Flügeltüren. Sofort drang warme Sommerluft herein. Genau vor meinem Fenster war eine Terrasse, ein Stück weiter weg stand eine Steinbank unter einem alten Baum. Dazwischen verwilderter Rasen, auf den die Sonne herunterschien. Es war zu schön, um wahr zu sein.

Ich atmete den Geruch von Sommer und Gras ein und wollte gerade die Tür wieder schließen, als ich etwas bemerkte. Mitten auf dem Rasen warf etwas einen seltsamen Schatten. Es sah aus wie ein Rumpf mit Kopf.

»Was ist das denn?«, fragte ich Claire.

Sie zeigte nach oben. Genau über meinem Fenster saß eine weitere kleine Steinfigur, dem bizarren Engel nicht unähnlich. Nur dass diese hier eindeutig einen Teufel darstellen sollte.

»Der kleine Bruder vom Engel«, sagte ich überrascht.

»Genau.« Claire grinste. »Da hat irgendein Architekt Anfang des letzten Jahrhunderts seinen schlechten Geschmack verewigt. Bei Sonnenschein wirft das gute Stück immer seinen Schatten auf das Gras.«

»Nett«, sagte ich.

Wir lachten beide. Dann machte ich ein paar Schritte nach links, an der Hauswand entlang. Hier war ein schmaler, sandiger Pfad. »Wo geht's da hin?«

»Nur zum Zaun. Du musst aufpassen, da hinten ist ein Ameisenhaufen. Lieber nicht barfuß laufen.«

Ich nickte, ging zurück ins Zimmer, machte langsam eine halbe Drehung und öffnete entschlossen den Mund.

»Du kannst mit dem Zimmer machen, was du

willst«, kam Claire mir zuvor. »Dem Vermieter ist das egal.«

Ich nickte. »Ich würde es gern nehmen, wenn das okay ist.«

»Natürlich«, sagte Claire.

»Was ist mit den Möbeln und so?«, fragte ich und sah zu dem Kalender hin. »Holt das noch jemand ab? Oder bleibt das hier?«

»Kannst du alles nehmen. Das Zeug gehört Jette. Die macht ein Auslandssemester in Schottland und kommt erst mal eine Weile lang nicht wieder.«

Na, umso besser. Claire zog mit einem kräftigen Ruck an der Flügeltür.

»Hier musst du Gewalt anwenden, die schließt nicht mehr richtig.« Sie zerrte erneut und die Tür blieb zu. Ich folgte ihr zurück ins Haus und warf dabei einen Blick in ein altmodisches Bad mit frei stehender Badewanne. Wir landeten in einer geräumigen Küche, in der man ein ganzes mittelalterliches Heer hätte bekochen können. In der Mitte stand ein großer Holztisch, auf dem Küchenregal mehrere Tassen mit witzigen Sprüchen. An der Wand hing ein Poster mit altmodischer Bierwerbung. Auch von hier gingen Flügeltüren zur Terrasse hinaus. Meine Mutter hätte sich nicht mehr eingekriegt vor Bewunderung. Am Tisch saß Julius und nuckelte an einer Pfeife. Der Geruch. Natürlich, es war Pfeifentabak, warum war ich nicht gleich darauf gekommen?

Neben ihm saß ein schwarzhaariger Junge, der

mir verlegen zunickte und sich dann sofort wieder über einen Hefter beugte.

Ein dritter Junge stand an der Kaffeemaschine und hielt eine Blechdose hoch.

»Kaffee?«, fragte er in meine Richtung.

»Nein danke. Lieber was Kaltes.« Ich bemühte mich darum, ihn nicht anzustarren. Blonde Haare, hübsches Gesicht mit dunklen Augen, die mir unmerklich zuzwinkerten. Schlank und muskulös. Ich würde mit dem Traum aller Bravo-Leserinnen in einem Haus wohnen.

»Haben wir auch, kein Problem. Cola, Wasser?«

»Wasser ist super, danke.«

Er lächelte mich an und schenkte mir ein.

»So«, begann Julius. »Wie sieht's denn aus?«

»Ich würde das Zimmer gern bis Ende August nehmen«, sagte ich. »Wenn das mit eurem Vermieter klargeht.«

Aus irgendeinem Grund brachen sie alle in Gelächter aus.

Was hatte ich denn Komisches gesagt?

»Das geht schon in Ordnung«, sagte Julius. »Der Vermieter hat nichts dagegen.« Sie gluckten wieder alle. So langsam ging mir das hier auf die Nerven. Was war mit diesem geheimnisvollen Vermieter? Eine Hand legte sich auf meine Schulter. Hinter mir stand der Junge mit dem Wasser.

»Lass dich nicht verarschen«, sagte er. »Das haben sie mit mir auch gemacht. Der Vermieter sitzt vor dir.« Er zeigte auf Julius. »Und ich bin übrigens Stefan.«

»Nina«, antwortete ich mechanisch. Julius war der Vermieter?

»Benjamin«, sagte der schwarzhaarige Junge vom Tisch und hob leicht die Hand, sein einziger Beitrag zum Gespräch.

»Ihr seid also zu viert?«, fragte ich.

»Wie man's nimmt«, sagte Claire. Einen Moment lang war da was in ihrem Blick. »Da wäre dann noch Lauren.«

»Lauren wohnt nicht hier«, sagte Stefan sofort.

»Aber fast!« Claire sah ihn trotzig an.

Ich hatte keine Ahnung, wovon sie sprachen.

»Lauren ist Stefans Freundin«, sagte Benjamin. »Die übernachtet manchmal hier.«

»Manchmal ist gut«, murmelte Claire.

»Wie dem auch sei«, schaltete sich Julius ein, der wie eine Art Stammesvater mit seiner Pfeife am Tischende saß. »Du kannst sofort einziehen. Hast du noch Möbel oder so?«

»Nein«, sagte ich und spürte, wie ich rot wurde. Meine Mutter hatte mich gezwungen, einen Kochtopf und eine geblümelte Steppdecke mitzunehmen, damit ich mich nicht nur von Fast Food ernährte und mich nicht erkältete. Ich würde beides sofort in den Tiefen des großen Schrankes verstecken, der in dem Zimmer stand. »Nur ein paar Bücher, Klamotten, so was halt. Ach, und einen Gecko.«

»Einen Gecko?« Der schwarzhaarige Junge sah mich überrascht an. »Du meinst so ein Mini-Krokodil?«

»Na ja, wenn du ihn so nennen willst. Ist ein harmloser kleiner Gecko. Stinkt auch nicht.«

»Soll der dann hier rumlaufen?«, fragte Claire.

»Nein, der bleibt in seinem Terrarium. Ich musste ihn halt mitnehmen, meine Eltern fahren in den Urlaub und meine Tante hat schon die Zwillinge und …«

»Kein Problem«, unterbrach mich Julius. »Solange du hier keine kläffenden Köter anschleppst. Sonst noch was?«

Ich überlegte, schüttelte dann den Kopf.

Julius nickte. »Kein Cello?«, fragte er ernst.

Claire warf ihm ein Stück Würfelzucker an den Kopf.

»Denn noch mehr Hausmusik könnten wir kaum aushalten«, fuhr er ungerührt fort, aber ich sah, dass er nur Spaß machte. So langsam fing ich an, mich zu entspannen. Mensch – das Zimmer war romantisch und spottbillig! Das Haus war großartig, vom Garten ganz zu schweigen. Es waren höchstens 15 Minuten mit dem Rad zur Kanzlei. Und meine neuen Mitbewohner hatten zwar einen etwas absonderlichen Humor, schienen aber trotz allem ganz in Ordnung zu sein. Ich hatte wirklich Glück gehabt. Ein blindes Huhn fand eben auch mal ein Korn.

Wir erledigten die Formalitäten, wobei ich mir nicht sicher war, was genau ich eigentlich zu erwarten hatte. Ich hatte ja noch nie ein Zimmer gemietet. Julius wollte die Miete in bar gezahlt bekommen, damit hatte ich kein Problem. Nebenkosten schien es nicht zu geben. Ich bekam meinen Schlüssel und wurde von Claire gewarnt, auf alle meine Lebensmittel meinen Namen zu schreiben.

»Die Jungs fressen dir sonst alles weg«, sagte sie. Unter freundlichem Nicken brachte sie mich zur Tür und ich radelte wie benommen zu meiner Tante zurück.

Dort herrschte das übliche Chaos. Die Zwillinge, Quietscheentchen und Nuckel auf dem Fußboden und mittendrin meine Tante Franziska mit bekleckertem T-Shirt. Noch bevor ich ganz durch die Tür getreten war, rief sie mir schon »Kannst du mir mal helfen?« entgegen. Sie schien gleichzeitig erleichtert und enttäuscht zu sein, als ich ihr wenig später von dem Zimmer berichtete.

»Ich hätte hier echt jemanden gebrauchen können«, sagte sie. »Aber ich verstehe natürlich, dass du unter jungen Leuten sein willst.« In ihrer Stimme schwang leiser Neid mit.

»War doch abgemacht, dass ich nur ein paar Tage bei dir bleibe«, murmelte ich. Ein bisschen schuftig kam ich mir schon vor. »Und bald kommt doch auch Onkel Thomas wieder.« Ein markerschütternder Schrei erklang aus dem Wohnzimmer. Franziska stürzte los und ich huschte schnell weg, um meine Habseligkeiten zusammenzupacken. Als das erledigt war, machte ich mir in Franziskas Küche ein letztes Mal einen Tee und ruhte mich kurz aus. Billy, mein kleiner Gecko, saß in seinem Glaskasten neben mir.

Irgendeine Bemerkung, die heute gefallen war, geisterte mir im Kopf herum, ohne dass ich sie fassen konnte. Was hatte ich nur gehört, das mich stutzig gemacht hatte?

Ich fischte den Teebeutel aus der Tasse. Dann fiel es mir ein und ich hielt inne. Der Teebeutel hing am Löffel und tropfte.

Er hat heute mal einen guten Tag, hatte Claire über Julius gesagt. Ich runzelte die Stirn. Und plötzlich wusste ich, was daran so befremdlich war. Denn wenn es auffiel, dass jemand mal einen guten Tag hatte – bedeutete das nicht, dass er normalerweise schlechte Tage hatte?

Der Gedanke gefiel mir nicht und ich versuchte, ihn zu verscheuchen. Aber wie eine lästige Fliege kam er immer wieder zurück.

3. Kapitel

Ich schob das Rad in der Hitze zurück zur Villa, diesmal mit meinem riesigen Rucksack auf dem Rücken. Die Henkel des verdammten Topfes drückten gegen meine Schulterblätter und der Schweiß floss in Strömen an mir herunter. Am Lenker hing ein Korb von Franziska, darin saß Billy. Ich verfluchte meine Entscheidung, alles auf einmal in mein neues Zimmer schleppen zu wollen. Der Einfachheit halber hätte ich auch erst meine Sachen und später mein Fahrrad holen können. Aber etwas trieb mich an, selbst meine Füße schienen eine Art Eigenleben entwickelt zu haben. Ich rannte regelrecht. Hatte ich Angst, das Zimmer könnte plötzlich wieder teurer sein? Das war doch völliger Blödsinn, ich hatte gerade alles bezahlt.

Und dennoch – ich traute dem Frieden nicht. Oder Julius?

Der Junge, der sich als Stefan vorgestellt hatte, öffnete mir die Tür, noch bevor ich meinen Schlüssel herausgekramt hatte. Von irgendwo aus der Villa musste man einen guten Blick auf die Straße haben.

»Hi«, sagte ich völlig erschöpft und lehnte mich auf mein Fahrrad. Meine Beine zitterten vor Anstrengung.

»Bist du gerannt?«

»Nein, ich bin nur so schwer beladen.«

Er musterte mich leicht verblüfft, während ich meine schwitzige Hand an meinen Shorts abwischte. Ich kam mir auf einmal vor wie ein Hausierer.

»Bist du zu Hause rausgeflogen?« Stefan half mir, das Ungetüm von Rucksack auf den Boden zu wuchten. »Was schleppst du denn da alles mit dir rum?« Interessiert betrachtete er das Bein einer Strumpfhose, das aus einer Seitentasche heraushing wie eine abgeworfene Schlangenhaut.

»Nichts weiter. Danke.«

»Nichts weiter ist aber ganz schön schwer!« Er stopfte die Strumpfhose zurück in die Tasche. »Ich wette, das sind alles Klamotten. Genau wie bei Lauren. Mädchen sind doch alle gleich, was?«, wandte er sich an Claire, die hinzugekommen war. Die rollte mit den Augen.

»Guck mal hier, der Salamander«, sagte Stefan zu ihr. Er streckte die Hand nach Billy aus und nahm ihn aus dem Kasten.

»Vorsichtig«, sagte ich schnell.

Aber Claire wollte ihn gar nicht sehen. Sie verzog leicht den Mund. »Ich bin in meinem Zimmer, wenn du was brauchst.«

»Hat der auch einen Namen?« Stefan hielt Billy

jetzt hoch und betrachtete seinen Bauch, als ob er da irgendein Markenzeichen erwartete.

»Billy«, sagte ich und setzte meinen Gecko wieder in sein Terrarium.

»Billy«, wiederholte Stefan belustigt. »Du bist echt witzig.«

Ich zuckte mit den Schultern. »Warum denn nicht?«

»Na ja. Ich habe noch nie jemanden getroffen, der einen Lurch Billy genannt hat. Klingt wie ein Cowboy – Billy the Kid.« Stefan grinste. »Mein Hamster hieß früher nur Purzel.«

Jetzt musste ich lachen. »Na, ob das unbedingt besser war?«

»Nee. Sag das bloß keinem weiter.« Er lachte noch im Weggehen.

Ich schleifte den Rucksack durch die Eingangshalle bis zu meinem Zimmer, riss die Tür auf und zerrte ihn hinein. Dann holte ich Billys Glaskasten, stellte ihn auf den Schreibtisch und setzte mich erst mal auf den Boden.

Das Zimmer war immer noch herrlich und es war meins. Mein erstes Reich ganz alleine, ohne nervenden kleinen Bruder und ohne Eltern, die zwar ganz erträglich waren, aber eben auch nicht immer alles mitkriegen mussten.

Ich war frei. Ich konnte den ganzen Sonntag lang im Bett bleiben, wenn ich wollte. Ich konnte die ganze Nacht wegbleiben, mich nur von Käsecrackern ernähren oder all meinen Krempel auf dem Boden verstreuen und niemals wieder aufräumen.

Am liebsten hätte ich laut gejubelt, stattdessen aber trat ich hinaus auf die Terrasse und atmete tief durch.

»Na, du?«, begrüßte ich den kleinen Teufel über meiner Tür. Ich hatte mir eigentlich vorgenommen, ihn putzig zu finden, doch er sah mich so starr an, dass ich den Blick schnell abwandte. Die Hälfte des Gartens lag schon im Schatten. Jemand hatte in meiner Abwesenheit offenbar etwas gelesen, auf der Steinbank befand sich ein aufgeschlagenes Buch. Den herrlichen Busch daneben mit den riesigen roten Blüten hatte ich ein paar Stunden zuvor gar nicht wahrgenommen.

Ich streckte meine Arme in die Luft und zog an meinen Fingern, bis sie knackten. Niemand war da, der mich deswegen anmeckerte.

»Gut gemacht, Nina«, sagte ich leise zu mir selbst.

Es dauerte keine Stunde, da hatte ich alles ausgepackt und verstaut. Meine wenigen Sachen bewirkten kaum eine Veränderung in dem Riesenzimmer. Vielleicht würde ein Poster das Ganze auflockern. Mein Handy zeigte mehrere Nachrichten an, allesamt von meiner Mutter und alles Variationen von: *Wo bist du und warum kaufen wir dir so ein teures Handy, wenn du nicht rangehst?* Seufzend wählte ich ihre Nummer. Sie nahm sofort beim ersten Klingeln ab.

»Alles in Ordnung?«, fragte sie atemlos, bevor ich noch irgendwas sagen konnte.

»Natürlich, Mam. Was soll denn nicht in Ordnung sein?«

»Bist du bei Franziska?«

»Nein. In meinem neuen Zimmer.« In meiner Stimme klang Stolz.

»Ach, so schnell schon? Ich dachte, du wolltest erst mal bei Franziska bleiben. Ist doch auch billiger. Oder wollte sie dich nicht mehr?«

»Nein, ganz im Gegenteil. Aber die Zwillinge …«

»Mir brauchst du nichts zu erzählen. Ich kann's mir lebhaft vorstellen. Franziska war noch nie besonders organisiert und Onkel Thomas macht sich ausgerechnet jetzt auf nach Kanada, als ob das nicht warten –«

»Mam, mein Zimmer ist echt toll!« Jetzt bloß kein Monolog über die Verwandten.

»Wie teuer? Wie viele Quadratmeter? Und ist deine Vermieterin nett?«

»Ich …«

»Benimm dich nur, nicht dass du gleich wieder rausfliegst. Darfst du die Waschmaschine benutzen?«

»Mam, es gibt Waschsalons. Und mein Zimmer ist riesig und toll. In einer Villa!«

»In einer Villa ist es«, hörte ich die gedämpfte Stimme meiner Mutter. Offenbar gab sie die Informationen an meinen Vater weiter.

»Wo?«, fragte sie, auf einmal wieder laut. Sie klang misstrauisch.

»In der Südstadt«, stammelte ich. »Ich maile euch die Adresse.« Ich biss mir auf die Lippe. Am Ende kamen sie noch auf die Idee, hier aufzutauchen, um nach dem Rechten zu sehen.

Es klopfte an meiner Tür.

»Ich muss jetzt Schluss machen«, sagte ich erleichtert. »Irgendwer will was von mir.«

»Irgendwer? Wie viele sind denn da …«

»Ich kann dich ganz schlecht hören. Tschüss, Mam«, brüllte ich und unterbrach die Verbindung. Dann öffnete ich die Tür.

Benjamin stand davor. Er war kaum größer als ich, fiel mir jetzt auf.

»Julius hat gekocht. Wenn du magst, kannst du mitessen, meint er. Weiß ja nicht, ob du das willst.«

»Ist es denn so ungenießbar?«, rutschte es mir heraus. Es sollte ein Witz sein, aber er zuckte erschrocken zurück. Mit seinen schwarz gefärbten Haaren sah er eigentlich ganz süß aus. Er hatte beneidenswert lange Wimpern. Meine beste Freundin Nadja hätte sich auf der Stelle an ihn rangeschmissen.

»Klar, gern. Toll. Danke.« Mein übertriebener Enthusiasmus war offenbar auch fehl am Platz. Benjamin vermied es, mich anzusehen.

Was war denn mit dem los? So was Schüchternes war mir ja noch nie begegnet.

Eigentlich hatte ich vorgehabt, erst zu duschen,

aber irgendwie erschien es mir unhöflich, jetzt nicht gleich zum Essen zu kommen. Ich kämmte mir wenigstens schnell die Haare und tupfte ein bisschen Lippenstift auf. Plötzlich kam mir ein beunruhigender Gedanke.

Was, wenn die immer alle zusammen aßen? Vielleicht hatten sie ja so eine Art Kochroutine, bei der jeder einmal dran war? Danach hatte ich gar nicht gefragt. Ich musste unwillkürlich an den einsamen Kochtopf in meinem Schrank denken.

In der Küche roch es lecker. Auf dem Herd blubberte etwas in einer Pfanne, das aussah wie Chili. Julius rührte mit großem Vergnügen darin herum.

»Hey, Nina«, sagte er fröhlich. »Hoffentlich bist du nicht Vegetarier oder so was?«

»Nein, ich esse alles. Außer Leber«, fügte ich schnell hinzu.

»Oh Gott, Leber, widerlich«, sagte Claire. Sie saß am Tisch und zerschnitt ein Baguette in kleine Scheibchen.

»Riecht gut«, bemerkte ich höflich.

Julius stellte mir ungefragt ein Bier vor die Nase und nahm sich selbst auch noch eins. Sein Gesicht war ganz rot, ob vom Kochen oder vom Alkohol, war schwer zu sagen. Eigentlich hasste ich Bier.

»Warum er sich die Mühe macht, kapiere ich nicht. Ist doch noch so viel Pizza von gestern übrig.« Claire deutete kurz zu einer großen Pizzaschachtel, die neben dem Herd stand. »Ich wusste auch gar nicht, dass du kochen kannst«, wandte sie sich dann an Julius. Ich atmete auf. Das bedeutete, dass gegenseitiges Bekochen offenbar nicht an der Tagesordnung stand. Meine verkrampften Schultern sanken beruhigt nach unten.

»Ich bin ein Gourmet.« Julius schwenkte übermütig seinen Holzlöffel und in diesem Moment kamen Benjamin und Stefan herein und setzten sich zu uns an den riesigen Tisch. Stefan schnappte nach einem Stück Brot und Claire schlug ihm auf die Finger. Es war eine Szene wie aus einer Soap. Fünf gut gelaunte junge Leute, die sich neckten und schlagfertige Bemerkungen austauschten. Warum hatte ich nur am Nachmittag so ein komisches Gefühl gehabt? Ich war eben doch überempfindlich. Oder gefühlsduselig, je nachdem, ob man meiner Mutter oder meinem kleinen Bruder Glauben schenkte.

»Haut rein, ist nicht scharf«, sagte Julius und stellte das dampfende Chili in die Mitte.

Kurz nachdem er sich gesetzt hatte, klingelte es.

»Je später der Abend, desto schöner die Gäste«, witzelte Julius. Stefan stand auf.

»Und da es ja noch nicht sehr spät ist …« Claire ließ den Rest des Satzes unausgesprochen im Raum stehen. Es entstand eine unbehagliche Pause. Eine Sekunde lang sah es aus, als ob Julius anfangen würde zu lachen. Ich verzog entschuldigend mein Gesicht, obwohl ich nicht wusste, um wen es hier ging. Stefan warf Claire einen wütenden Blick zu. Als er rausging, rempelte er absichtlich ihren Stuhl an, ich konnte es ganz genau sehen.

»Idiot«, sagte Claire ungerührt und schob ihren Löffel in den Mund.

Meine Fernsehserienidylle zerplatzte wie eine Seifenblase vor meinen Augen. Ich trank schnell einen Schluck Wasser, das Bier hatte ich unauffällig zur Seite geschoben.

»Hallöchen«, hörte ich eine hohe Stimme. Ein hübsches, wenn auch stark geschminktes Mädchen in meinem Alter war mit Stefan in der Küche erschienen. Ihre blonden Locken waren zu einer komplizierten Frisur zusammengedreht und überall, wo Platz war, glitzerte Schmuck.

»Mann, ich sterbe gleich vor Durst!« Sie griff sich das erstbeste Glas vom Tisch – Claires, wie es schien – und trank es aus. Angeregt schnupperte sie. »Hmm. Was gibt's denn Gutes?«

»Chili«, sagte Julius. »Nun fangt doch an, Leute, es wird kalt!«

Ich kostete beherzt und fing sofort an zu husten. Es brannte so dermaßen in meinem Hals, dass ich keine Luft bekam. Tränen traten mir in die Augen und ich fuchtelte blind herum, auf der Suche nach meinem Glas.

Julius lächelte, als ob ihn etwas amüsierte. War es Schadenfreude?

»Nina.« Plötzlich zeigte er mit seinem Löffel auf

mich. »Wohnt ab heute hier. Und das«, er schwenkte in die andere Richtung, »ist übrigens Lauren.«

»Huhu«, zwitscherte Lauren.

»Hallo«, erwiderte ich benommen, während mir eine Chili-Träne die Wange hinunterlief.

Mit Laurens Erscheinen kam der Abend so richtig in Schwung, denn sie plapperte und lachte unentwegt. Nur gelegentlich unterbrach sie sich selbst, um Stefan durch die Haare zu wuscheln oder ihm kleine Küsse zu verpassen. Er ließ es mit einer Art brummiger Geduld geschehen, wobei mir nicht ganz klar wurde, ob es ihm nun gefiel oder nicht. Ab und zu bemerkte ich, wie sein Blick auf mir ruhte, aber jedes Mal, wenn ich ihn ansah, blickte er schnell weg. War irgendwas mit mir?

Das Chili wurde erstaunlicherweise aufgegessen, alle redeten durcheinander, aber kein Mensch stellte mir eine Frage. Nun hatte ich zwar nicht erwartet, dass man mich mit Aufmerksamkeit überschütten würde, aber merkwürdig fand ich es doch.

»Was machst du denn eigentlich so?«, wandte ich mich an Julius.

»Ich rauche Pfeife«, antwortete er und blies sein Streichholz aus.

Ich schluckte stumm mein Brot hinunter. »Ich meine, was du arbeitest oder studierst.«

Julius musterte mich kurz, breitete seine Arme aus und schloss genießerisch die Augen. »Das Leben.«

»Das Leben«, wiederholte ich und beugte mich

erwartungsvoll nach vorn. Aber mehr kam nicht. Eine Weile lang wartete ich noch geduldig und ein bisschen dämlich, das Glas mit meinen Händen umklammert, aber Julius sagte einfach keinen Ton mehr. Als ich es schließlich aufgab und mich an die anderen wenden wollte, meldete sich Stefans Handy mit dem idiotischsten Klingelton des Jahres. Irgendein total bescheuerter Rapsong. Alle lachten und so konzentrierte ich mich nur noch darauf, das grauenvolle Chili auf meinem Teller hin und her zu schieben. Meine Schultern hatten sich wie von selbst wieder hochzogen.

Den ganzen Abend lang habe ich das Mädchen beobachtet. Habe vor Wut meine Faust so sehr gepresst, dass sich die Fingernägel in mein Fleisch gebohrt haben. Habe mit ihr geredet und mir dabei vorgestellt, wie sie aussieht, wenn sie heult. Winselt. Mich anfleht. Eine schöne Vorstellung.

Ich habe sie angelächelt.

Jetzt kann ich sie im Haus hören. Und meine Wut flammt erneut auf.

4. Kapitel

Vielleicht war es das scharfe Essen, vielleicht die harte Matratze oder das ungewohnt hohe und leere Zimmer, jedenfalls schlief ich unruhig in meiner ersten Nacht. Wahrscheinlich war ich einfach nur nervös, am nächsten Tag sollte ich ja meinen Job anfangen. Oder war es der etwas seltsame erste Abend, den ich immer wieder wie einen Film in meinem Kopf ablaufen ließ?

Mehrmals wurde ich wach. Anfangs waren es die kichernden Geräusche von irgendwoher im Haus, vermutlich Stefan und Lauren, später war es die eigenartig sphärische Musik, die irgendjemand spielte. Ich dämmerte jedes Mal wieder weg. Dann wachte ich abermals auf, diesmal mit einem Ruck. Etwas hatte ganz laut geknackt. Ich knipste die kleine Lampe über meinem Bett an und setzte mich. Nichts war zu sehen. Natürlich nicht. Die großen Vorhänge am Ende des Zimmers bauschten sich leicht. Ich hatte am Abend das Fenster neben der Flügeltür angekippt, um frische Luft hereinzulassen. Jetzt aber fiel mir auf, wie kühl es war. Ich stand auf, um die Steppdecke aus dem Schrank zu holen, für die ich meiner Mutter insgeheim dankbare Abbitte leistete – da knackte es wieder. Es kam von draußen, direkt vor meinem Fenster. Was zum Teufel war das? Zum Teufel … Die blöde Steinfigur fiel mir ein. Ich wickelte die Decke um mich, ging vorsichtig zum Fenster, lüpfte die Gardine ein winziges Stück und starrte angestrengt hinaus. Da war nichts, absolut nichts, nur die Gartenbank im Mondschein. Nach oben schaute ich nicht. Ich brachte es einfach nicht fertig, mir im Dunkeln das fratzenhafte Gesicht anzutun.

Du meine Güte, was war nur mit mir los? Wenn mich jetzt jemand hätte sehen können – eingewickelt wie eine Motte im Kokon, mit groß aufgerissenen Augen, stand ich in der ersten Nacht meiner neuen Freiheit am Fenster und hatte Angst vor meinem eigenen Schatten!

»Dumme Kuh«, sagte ich leise und ging wieder ins Bett, aber es war zwecklos, ich war mittlerweile hellwach. Ich musste mal.

Im Dunkeln tapste ich aufs Klo, den Lichtschalter konnte ich nicht finden, und danach in die Küche, um ein Glas Wasser zu trinken. Dort sah es aus, als hätte eine Bombe eingeschlagen. Die Teller standen noch auf dem Tisch, in der Mitte die Schüssel, in der eingetrocknete Chilireste wie geronnenes Blut klebten, und ein voller Aschenbecher. *Ich* würde das ganze Zeug hier bestimmt nicht aufräumen – schon gar nicht mitten in der Nacht.

Trotz des chaotischen Zustands wirkte die Küche seltsam steril. Außer dem Bierposter hingen nirgendwo irgendwelche Zettel oder Fotos, es lagen keine Briefe oder alte Zeitungen rum … Vor etwa einem Jahr hatte ich mal mit Nadja ihren Freund in seiner damaligen WG besucht. Es war eine reine Jungs-WG und entsprechend zugemüllt, aber trotzdem gemütlich. In der Küche, so erinnerte ich mich jetzt, hatte eine Couch gestanden, auf der dauernd eine dicke Katze schlief. Überall waren dort Spuren der Bewohner zu finden gewesen, von den dreckigen Turnschuhen auf dem Boden bis hin zu einem Surfbrett, das im Flur an der Decke hing, und den Bücherstapeln, die überall herumstanden.

Nicht so hier. Das Einzige, was ich entdeckte, war eine Bibliothekskarte, die auf dem Fußboden lag. Halb unter dem Mülleimer, als hätte jemand beim Wegwerfen nicht richtig gezielt. *Julius Behnisch* stand darauf.

Blieb hier jeder mehr für sich allein? Und wenn – war das nun gut oder schlecht?

Ich gähnte und beschloss, es noch einmal mit Schlafen zu versuchen. Es war 3.30 Uhr und ich wollte ja nicht an meinem ersten Arbeitstag wie ein Zombie mit Augenrändern in der Kanzlei auftauchen. Ich ging leise durch die immer noch dunkle Halle. Links von mir ging die Treppe hoch, in deren Mitte jetzt das Verkehrshütchen wie ein kleiner Leuchtturm stand und den Schein einer Straßenlaterne reflektierte. Ich stieg vorsichtig die ersten vier Stufen hinauf und blinzelte angestrengt nach oben. Baufällig, hatte Julius gesagt. Keine Gespenster. Ich stieg noch eine Stufe höher. Nichts war zu erkennen, es war zappenduster in der oberen Etage. Ich verrenkte mir fast den Hals. Wie es da wohl aussah? Und dann knackte es wieder laut, genau hinter mir. Ich fuhr herum. Diesmal hatte ich noch ein weiteres Geräusch gehört, ganz leise, aber unmissverständlich. Ein Schlurfen.

»Hallo?«, flüsterte ich. Meine Stimme war kaum zu hören, als presste jemand eine Hand auf meine Stimmbänder. Ich trat ein Stück zur Seite, um das Mondlicht besser nutzen zu können. Mit lautem Gepolter fiel das Hütchen um.

Ich fluchte innerlich. Lächerlich, total lächerlich. Der Gedanke, dass irgendeiner der anderen mich hier stehen sehen könnte, mit irrem Blick, auf halbem Weg ins abgesperrte Obergeschoss … Ich kam zur Besinnung, stellte das orangene Ding wieder auf und huschte durch den Gang zurück. In meinem Zimmer brannte noch Licht. Ich ging hinein und wollte es gerade ausknipsen, als mein Blick an etwas hängen blieb.

Auf meinem Kissen lag etwas Rotes.

Meine Kopfhaut fing plötzlich an zu kribbeln. Vorhin hatte da nichts gelegen, das wusste ich ganz genau.

Ich stand da wie gelähmt. Mein Verstand sagte mir, dass ich zu meinem Bett gehen und nachsehen sollte, um was es sich da handelte. Aber ich konnte nicht.

Eine irrationale Angst kroch in mir auf, die Erinnerung an das Knacken und den grinsenden kleinen Teufel flackerte durch meinen Kopf.

Ich gab mir einen Ruck und ging zu meinem Bett. Verblüfft blieb ich davor stehen. Was in aller Welt …

Mitten auf meinem Kissen lag eine der roten Blüten von dem Busch aus dem Garten.

5. Kapitel

Die Anwaltskanzlei von Wagner & Seibel lag in der ersten Etage eines schick sanierten Mietshauses. Ich stellte mich bei der Sekretärin vor und wartete dann gemeinsam mit einem Ehepaar, das immer wieder aufgeregt miteinander tuschelte. Der Mann hatte nikotingelbe Finger und eine kratzige Stimme wie jemand, der schätzungsweise seit seinem zehnten Lebensjahr Kette rauchte.

»Das lassen wir uns nicht gefallen!«, schimpfte er dauernd voller Wut, woraufhin ihm seine Frau jedes Mal mit einem ängstlichen »Sch, sch« den Arm tätschelte.

Ich fragte mich kurz, warum die beiden wohl hier waren. Was sie sich nicht gefallen lassen wollten. Dann kam mir der Gedanke, dass ich es wahrscheinlich demnächst erfahren würde.

Ich war echt froh über diesen Ferienjob, den mir Onkel Thomas in letzter Minute besorgt hatte. Normalerweise hätte ich sonst wie die meisten aus der Elften den Sommer über in der Keksfabrik unseres Ortes gearbeitet. Aber das brachte ich dieses Jahr nicht fertig. Seite an Seite mit Oliver und Mia, die kaum die Finger voneinander lassen konnten? Ich schüttelte mich unwillkürlich. Lieber nicht daran denken. Lieber auf mein neues, cooles Leben hier in Leipzig konzentrieren – eine Stunde Zugfahrt weit weg vom Anblick meines treulosen Exfreundes …

Ich ließ meinen Blick durch den eleganten Raum schweifen. Gierig sog ich alles auf – das Parkett, den modernen Empfangstresen, die unzähligen Bücher, die rot blühenden Kakteen in der Ecke. Kakteen. Schlagartig fiel mir wieder die rote Blume ein. Wer hatte sie mir aufs Kissen gelegt? Ich nestelte nervös an meinem Ohrläppchen herum.

Dass jemand sie dahin gelegt hatte, stand außer Frage. Denn sonst müsste ich annehmen, dass es in dem Haus spukte – eine Möglichkeit, die ich nicht mal ansatzweise in Betracht ziehen wollte. Ich war schließlich kein Goth-Girl, das von Vampiren träumte.

Aber wer zum Geier schlich nachts durch den Garten, brach Blüten ab und legte sie mir ins Bett? Und vor allem – warum?

Heute Morgen hatte ich nur Benjamin kurz getroffen, der, wie sich herausstellte, ebenfalls noch zur Schule ging und an diesem Morgen auch zu einem Ferienjob unterwegs war. Als ich in die immer noch verwüstete Küche gekommen war, hatte er blitzschnell ein Stadtmagazin weggelegt, das er offenbar gerade gelesen hatte.

»Studierst du die Annoncen?«, hatte ich ihn angesprochen und wieder nur ein erschrockenes Kopfschütteln geerntet.

Chill out, hätte ich ihm am liebsten zugerufen, ihn dann aber doch nur gefragt, ob er auch einen Tee wollte. Er wollte. Wir hatten uns stumm an dem vollgekrümelten Tisch gegenübergesessen und an den heißen Getränken genippt.

Schließlich hatte ich das Schweigen nicht mehr ausgehalten.

»Wieso ist Julius eigentlich der Vermieter?«

»Wieso? Na, weil ihm das Haus gehört, ganz einfach.«

Und damit war er plötzlich aufgesprungen, hatte erschrocken auf seine Uhr geblickt wie das Kaninchen aus *Alice im Wunderland*, den restlichen Tee in den Ausguss gekippt und den Raum fluchtartig verlassen, noch bevor ich die rote Blume hatte erwähnen können.

Nach seinem Aufbruch war ich ein bisschen durch das morgenstille Haus geschlendert. Niemand sonst war zu sehen, aber eine Tür war nur angelehnt gewesen. Benjamins Zimmer. Ich wusste ja, dass man so was nicht macht, aber dennoch stieß ich sie ein Stück weiter auf und warf einen schnellen Blick hinein. Benjamin schien ziemlich ordentlich zu sein. Nichts lag herum, sogar sein Bett hatte er gemacht, es war nicht zu fassen. Was mich aber am meisten verblüffte, waren die Bilder an den Wänden. Lauter Fotocollagen, bei denen ein großes Bild aus winzig kleinen Fotos zusammengesetzt war. Direkt neben mir hing das Porträt von irgendeinem Basketballstar, sein Gesicht war aus winzigen Fotos von Bällen komponiert. Ich hatte noch nie in meinem Leben so etwas Tolles gesehen. Hatte Benjamin das etwa selbst gemacht? Irgendwo klingelte ein Wecker und ich huschte zurück in die Küche. Dort lag immer noch die Zeitschrift auf dem Tisch, die er in seiner Eile hatte liegen lassen. Ein Blatt hatte sich geknickt und zeigte die Seite an, die er gelesen hatte. Der Veranstaltungskalender. Rubrik: Bars und Clubs. Benjamin wollte also ausgehen? Warum diese Heimlichtuerei?

Und die Villa gehörte Julius?

Benjamins Antwort hatte mich nicht weitergebracht.

»Nina Bachmann?«

Eine rundliche Frau um die fünfzig erschien jetzt in der Tür. Sie hatte ein freundliches Gesicht, trug ein dunkelrotes Kostüm und streckte mir die Hand entgegen.

»Andrea Wagner. Sie werden in den nächsten Wochen mit mir zusammenarbeiten.«

Das war Rechtsanwältin Wagner, die Rächerin der Unschuldigen? Leise Enttäuschung machte sich in mir breit. Frau Wagner sah mehr aus wie eine Grundschullehrerin.

Sie wandte sich an das Ehepaar. »Herr und Frau Born, nehme ich an? Wir haben telefoniert. Gehen

Sie doch bitte schon ins Besprechungszimmer, wir sind in einer Minute bei Ihnen.«

Wir? Hatte sie *wir* gesagt? Offenbar bemerkte sie mein erstauntes Gesicht. »Sie wollen doch sicher nicht nur kopieren und Kaffee kochen, oder?«

Ich schüttelte den Kopf. »Nein, nein, auf keinen Fall.«

»Na bestens. Ich bin nämlich ein Fan von praktischer Erfahrung. Da merkt man sich alles viel besser.« Sie griff in ein Fach, holte ein Blatt Papier heraus und reichte es mir. »Aber zu diesem Zweck müssten Sie erst noch etwas unterschreiben.«

Neugierig las ich, was darauf stand: *Schweigepflichtserklärung.*

»Sie verstehen, dass Sie mit niemandem über die Fälle reden dürfen, mit denen Sie zu tun haben werden?«

Ich nickte voller Ehrfurcht. Schweigepflicht klang spannend, genau wie ich es mir vorgestellt hatte. Flink kritzelte ich meine Unterschrift auf das Blatt.

»Dann wollen wir mal. Hören Sie einfach nur zu. Wenn die beiden weg sind, werde ich Ihnen hier alles zeigen.« Frau Wagner schob mich in ein Zimmer, in dem das Ehepaar Born schon an einem runden Tisch saß und uns erwartungsvoll ansah, als wir hineinkamen.

Herr Born war so erbost, dass es einige Minuten dauerte, bis man seinem Gezeter einen vernünftigen Satz entnehmen konnte. Seine Hände schienen zu grob und zu groß für den kleinen Tisch zu sein und ein ziemlich stümperhaft tätowierter Adler verzierte seinen Arm.

»Ich sage Ihnen, dieser verdammte Mistkerl, der kommt mir nicht damit davon. Rausschmeißen will der uns, rausschmeißen!«

»Holger …«, unterbrach ihn seine Frau und warf uns entschuldigende Blicke zu. »Nun erzähl doch der Frau Anwalt alles der Reihe nach!«

»Wer möchte Sie denn rausschmeißen?«, fragte Frau Wagner geduldig.

»Dieser blöde Wessi! Seit zwanzig Jahren wohnen wir in der Wohnung, alles habe ich dort gemacht, sogar den Garten angelegt, sehen Sie doch nur!«

Ohne Vorwarnung zerrte er seine Brieftasche heraus und klappte sie auf. Zu sehen war ein leicht vergilbtes Foto von einer Art Steingarten, in dessen Mitte eine stattliche Sammlung rotwangiger Gartenzwerge stand. Einer hielt sich an einer Schubkarre fest.

»Hübsch«, sagte Frau Wagner. Meine Mundwinkel begannen verräterisch zu zucken, doch plötzlich begann Frau Born, herzzerreißend zu schluchzen. Ich schämte mich sofort. Und außerdem begriff ich etwas: Frau Wagner mit einer gutmütigen Grundschullehrerin zu vergleichen war absolut hirnrissig. Eher war sie eine Mischung aus Polizeihund und Zirkusdompteur. Auf beeindruckende Weise schaffte sie es, aus dem Gestammel der Borns einen Fall herauszukristallisieren. Die beiden fielen sich immer wieder ins Wort, Frau Born weinte, ihr Mann schäumte vor Wut.

»Es ist also nach zwanzig Jahren auf einmal ein neuer Hausbesitzer aufgetaucht, der sie rausschmeißen will, habe ich das richtig verstanden?«, fasste Frau Wagner zusammen.

»Genau. Eine Bar will der da reinsetzen. Eine Bar!« Herr Born war nun auch den Tränen nahe und streichelte mit seinem gelben Finger sanft über das Foto. Es war klar, dass die Zwergenfamilie den Nachtschwärmern würde weichen müssen.

»So ein reicher Sack«, knurrte er noch.

»Wieso?«, erkundigte sich Frau Wagner.

»Der Mann hat Geld wie Heu und mindestens noch zehn andere Häuser. Objekte nennt der die! Wie kann es auf der Welt so etwas geben, dass ein Mensch so viel Geld hat und deswegen anständige Leute herumschubsen kann, wie er will? Das erklären Sie mir mal.« Hierbei sah er mich vorwurfsvoll an, dabei wohnten meine Eltern doch auch nur zur Miete.

Ich nickte unwillkürlich. Genau, lieber Herr Born. Und nicht nur das: Wie kann es auf der Welt so etwas geben, dass ein *junger* Typ wie Julius eine ganze Villa besitzt?

Die Borns blieben nicht der einzige Fall an diesem Tag. Eine Weile später stieß ich im Empfangsraum der Kanzlei beinahe mit einem Jungen in meinem

Alter zusammen. Er trug ein Glas Wasser in der Hand. Offenbar war es für die alte Frau bestimmt, die auf einem Stuhl saß und sich Luft zufächelte.

»Hallo«, sagte ich. Er musterte mich verblüfft und grinste dann verlegen.

»Frau Ott?«, hörte ich Frau Wagner hinter mir.

»Komm, Oma«, sagte der Junge. Mit seinen raspelkurzen dunklen Haaren und der gebräunten Haut sah er echt gut aus und mir gefiel, wie behutsam er mit seiner Oma umging. Trotzdem konnte er nicht verhindern, dass das Glas auf den Boden fiel.

»Ach, herrje!«, sagte Frau Ott bestürzt.

»Macht doch nichts.« Ich bückte mich schnell nach dem Glas, zeitgleich mit dem Jungen.

»Danke, mein Kind«, sagte Frau Ott und schnaufte angestrengt. »Lars, hast du meine Tasche?«

Lars also. Er kniete mit mir auf dem Boden, sein Gesicht war so nah, dass ich sehen konnte, wie seine Haut sich ein kleines bisschen an der Stirn schälte.

»Klar, Oma«, sagte er laut. »Bist du Studentin oder so was?«, fragte er mich leise.

»So was in der Art«, gab ich zurück. Er hielt mich für eine Studentin!

Lars hob eine wuchtige braune Handtasche vom Stuhl hoch und folgte seiner Oma. Kurz bevor er im Besprechungszimmer verschwand, drehte er sich noch einmal um.

»Man sieht sich sicher«, sagte er zu mir. Es klang wie eine Frage.

Ich nickte leicht. Und fand es sehr bedauerlich, dass ich zu dem Stapel von Unterlagen zurückkehren musste, die Frau Wagner in Aktenmappen sortiert haben wollte.

Danach ging es zu wie im Taubenschlag. Es gab entweder unzählige Leute auf der Welt, die einander aus den verschiedensten Gründen verklagen wollten, oder Wagner & Seibel waren einfach gefragte Topanwälte. Obwohl auch Herr Seibel nicht meinen Vorstellungen vom aalglatten Verteidiger entsprach. Er wirkte wie ein Kaninchenzüchter, mit grauen Löckchen und sanfter Stimme. Offenbar guckte ich zu viele amerikanische Filme. Aber vielleicht war das ja auch Methode. Denn die vielen unglücklichen Leute, die hier auftauchten, schienen sofort Vertrauen zu den beiden zu fassen.

Frau Wagner lud mich sogar zum Mittagessen ein, denn ich hatte völlig vergessen, mir etwas mitzunehmen. Ich musste unbedingt einkaufen gehen.

Wir aßen in einem kleinen Café in der gleichen Straße, in der sich die Kanzlei befand.

»Und, der erste Eindruck?«, fragte Frau Wagner.

»Total interessant.«

»Ja, man lernt schon eine Menge Leute kennen. Und natürlich freut man sich, wenn man ihnen helfen kann. Manche sind richtig verzweifelt.«

»Wie die Borns.«

Sie nickte. »Genau. Die fühlen sich völlig machtlos. Da kommt irgendeiner daher und verkündet ihnen, dass sie ausziehen müssen.« Sie schüttelte missbilligend den Kopf.

Etwas lag mir auf der Zunge. Ich musste einfach fragen. »Ich habe da einen Bekannten. Der ist noch total jung und bereits Besitzer einer Villa! Was glauben Sie denn, warum ein junger Mann ein so großes Haus haben könnte?«

Sie zuckte mit den Schultern. »Was weiß ich. Geerbt. Im Lotto gewonnen. An der Börse spekuliert. Was arbeitet der denn?«

»Das ist es ja – er arbeitet nicht mal. Er ist mein Vermieter«, vertraute ich ihr an.

Frau Wagner zog die Augenbrauen hoch. »Warum fragen Sie ihn nicht einfach, wo er das Haus herhat? Oder erkundigen Sie sich beim Grundbuchamt. Wenn Sie das so brennend interessiert, kann ich Ihnen dabei helfen.«

»Das ist eine gute Idee. Julius Behnisch heißt der.«

»Behnisch?« Sie wirkte überrascht.

»Ja, Behnisch. Sagt Ihnen das was?«

Sie zögerte für den Bruchteil einer Sekunde. »Nicht dass ich wüsste«, sagte sie dann und lächelte. »Noch einen Kaffee?«

Ich nahm ein Wasser.

Und ich war mir sicher, dass der Name Julius Behnisch ihr bekannt war.

6. Kapitel

Ich stand in dem kleinen Supermarkt in der Nähe der Kanzlei und überlegte, was ich kaufen sollte. Alles kam mir auf einmal so teuer vor. Andererseits hatte ich nie groß auf Preise geachtet, sondern wahllos etwas in den Wagen geschmissen, wenn ich mit meinen Eltern einkaufen war. Ich nahm Aufschnitt, abgepacktes Scheibenbrot, ein paar Becher Joghurt, eine Flasche Cola und ein bisschen Obst und stellte mich an der Kasse an. Gestern, nach meinem ersten Arbeitstag, war ich wieder nicht zum Einkaufen gekommen. Als ich nach Hause fahren wollte, hatte mein Rad einen Platten, sodass ich schieben musste, und als ich endlich in der Villa ankam, rief erst mein Vater an und dann Nadja, die sich erkundigen wollte, ob es gut aussehende Jungs in meiner WG gab, und mich rasend um meine Freiheit beneidete. Sie musste den ganzen Sommer lang im Restaurant ihrer Eltern mithelfen. Als ich endlich Ruhe hatte, war es zu spät zum Einkaufen. Nach einem trübsinnigen Abendessen, bestehend aus Pfefferminztee und meinen letzten zwei Müsliriegeln, hatte ich mir geschworen, endlich etwas zu essen zu besorgen. Außerdem arbeitete ich heute nur bis um 14.00 Uhr.

Von meinen Mitbewohnern hatte ich gestern nur Stefan kurz getroffen, der mir geholfen hatte, den Schreibtisch näher zum Garten hin zu rücken. Die unterste Schublade im Schrank hatte er aber auch nicht aufbekommen. Die klemmte. Dafür hatte er Billy einen winzigen Sombrero aufgesetzt, als ich mal kurz auf Toilette gewesen war. Dann hatte Stefan leider weggemusst.

Die Küche war, abgesehen von der alten Pizzaschachtel, wie von Geisterhand aufgeräumt worden. Dieselbe Geisterhand, die Blumen verteilte? Ich war zu dem Schluss gekommen, dass die Blume eine Art Begrüßung darstellen sollte, vielleicht ein Gag, den ich nicht kapierte. Stefan danach zu fragen war mir irgendwie peinlich gewesen.

»Macht elf fuffzig!« Eine Stimme riss mich aus meinen Gedanken. Die Frau an der Kasse sah mich erschöpft an. Unter den Armen hatte ihr Verkaufskittel Schweißflecken und ihr Lippenstift war eingetrocknet. Ich bezahlte schnell, obwohl mir in diesem Moment einfiel, dass ich vergessen hatte, mir etwas Süßes zu kaufen. Aber ich hatte keine Lust, mich jetzt noch mal durch den Laden zu drängeln. Schnell stopfte ich die Sachen in die große blaue Umhängetasche, die ich im Schrank des Zimmers gefunden hatte.

Im Nachbarhaus schaute heute eine alte Frau aus dem Fenster. Als sie mich sah, verzerrte sich plötzlich ihr Gesicht vor Schreck. »Jesusmaria!«, rief sie.

»Sie laufen ja schon wieder herum!« Ich lief wieder herum? Ich lächelte unsicher. Die schien mich zu verwechseln. Sie lächelte nicht zurück und verschwand vom Fenster.

Kopfschüttelnd schloss ich die Tür auf.

In dem engen Vorraum stand ein imposant aussehendes Mountainbike, schwarz, glänzend und neu. Und obwohl ich nicht viel Ahnung von Fahrrädern hatte, war klar, dass dieses Rad so viel gekostet haben musste wie ein Kleinwagen. Dagegen sah mein Klapperrad geradezu antik aus, wie etwas aus dem Verkehrsmuseum. Als ich mich mit meinen Tüten vorbeiquetschte und es ein Stück zur Seite schob, merkte ich, wie leicht es war. Meine Einkäufe waren fast schwerer. Wahnsinn.

»Siehst du.« Claire stand plötzlich neben mir. »Du kommst auch kaum vorbei. Wenn er denkt, dass er das Ding hier stehen lassen kann, hat er sich geirrt!« Sie bebte vor Wut.

»Was? Hallo«, sagte ich verdattert.

»Stefan! Kommt vorhin an, schiebt das Teil hier in den Vorraum und verschwindet wieder. Soll das vielleicht so bleiben? Knallt ja jeder dagegen.«

»Bestimmt räumt er es noch weg.« Ich verstand nicht, warum sie sich so aufregte. Es gab doch genug Platz. Und ich war k. o. und wollte was essen.

»Meinst du?« Sie lachte kurz und abfällig auf. »Hast du mal sein Zimmer gesehen? Der räumt nie auf.«

Das kann dir doch egal sein, dachte ich. Laut aber sagte ich: »Wir können ihn ja fragen, ob er es in die Halle stellt. Oder mach du es doch einfach. Wo sind denn eigentlich alle? Ich habe gestern nur Benjamin gesehen.«

»Keine Ahnung. Wir haben doch hier keine Meldepflicht.«

Ihre schlechte Laune musste sie nicht an mir auslassen. Ich biss mir auf die Lippe und schob mich mit einem »Bis später« an ihr vorbei in mein neues Reich. Ich würde jemand anderen fragen, was die komische Frau gemeint hatte. Vor meinem Bett blieb ich kurz unschlüssig stehen. Hatte ich es heute früh wirklich so zerwühlt verlassen? Es sah fast aus … als hätte noch jemand darin gelegen. Ich schüttelte sofort den Kopf, um diese absurde Idee zu vertreiben, machte es mir auf der Terrasse gemütlich und aß einen Joghurt. Die Sonne strahlte warm, der alberne Teufel warf bereits einen halben Schatten. Bei Tageslicht sah alles so friedlich aus. So harmlos. Zögernd näherte ich mich dem rot blühenden Busch. Hoffte ich auf verräterische Spuren, abgeknickte Zweige? Ich sah nach unten. Alles, was ich entdeckte, war ein Wurm. Die Blüten rochen überwältigend süß. Kurzentschlossen pflückte ich eine Handvoll ab. Ich würde sie dekorativ in eine Schale mit Wasser legen, das hatte ich mal in einem Restaurant gesehen. Ich gab es nicht zu, aber irgendwie hoffte ich, dass ich dadurch den leichten Grusel bei ihrem Anblick verlieren würde.

Im Haus knallte etwas und ich zuckte zusammen.

»... auf keinen Fall hier stehen bleiben«, hörte ich Claire brüllen.

Jemand antwortete in ruhigem Ton. Claire verstummte schlagartig. Zurück in meinem Zimmer, öffnete ich neugierig die Tür. Das Rad stand immer noch da, in der Küche klapperte Glas oder Geschirr. Es klang aggressiv. Ich folgte dem Lärm, bemühte mich aber, neutral zu erscheinen. Eine Schale würden sie ja wohl haben.

Zu meiner Überraschung war Stefan in der Küche und nicht Claire. Er füllte ziemlich genervt eine Kiste mit leeren Pfandflaschen.

»Oh«, sagte ich nur.

»Plünderst du den Garten?« Er deutete auf die Blüten, die ich an meine Brust gepresst hielt. Sie sahen bereits leicht zerfleddert aus.

»Nö. Die sind nur so hübsch und ich wollte was für mein Zimmer.«

»Ja. Schöne Blumen, nicht?« Einen Moment lang huschte etwas über sein Gesicht, irgendetwas, das ich nicht deuten konnte. Hatte er mir vielleicht die Blüte aufs Kopfkissen gelegt? Aber wieso sollte er so etwas tun?

»Claire war sauer wegen dem Fahrrad im Flur«, lenkte ich schnell ab.

»Das kann man wohl sagen. Claire ist ...« Er stockte, setzte dann erneut an. »Die soll sich nicht so haben. Und im Übrigen kann sie da sowieso nichts machen.« Er schmiss die letzte Flasche mit solcher Wucht in den Kasten, dass ich vor Schreck zusammenzuckte.

»Wieso nicht?«

Er grinste. »Weil das nicht mein Fahrrad ist. Schön wär's. Aber das gute Stück gehört Julius. Ich habe es nur für ihn von einem Freund abgeholt.«

Etwas summte leise neben mir. Es kam von der Pizzaschachtel. Ich hob vorsichtig den Deckel hoch. Zwei grünliche, fette Fliegen hockten auf der eingetrockneten Käseschicht.

»Igitt«, sagte ich und griff mit spitzen Fingern danach. »Das muss doch weg!«

»Würde ich nicht machen«, sagte Stefan.

»Was?«

»Ich würde nichts wegschmeißen, was Julius gehört. Da ist er sehr eigen.«

»Aber das Ding ist total vergammelt.«

Er zuckte mit den Schultern. »Darf ich mal kurz?« Er schob sich eng an mir vorbei, noch bevor ich zur Seite treten konnte.

Julius war also nicht nur Besitzer einer Villa und eines schweineteuren Mountainbikes, sondern bestand auch darauf, dass niemand seine verschimmelte Pizza wegschmiss? Mich überraschte nichts mehr.

»He, wart mal«, rief ich ihm hinterher. »Da war eine Frau nebenan, die hat so was Eigenartiges gesagt!«

»Die alte Weber von links?«, kam es aus der Halle zurück. »Was wollte die denn?«

»Irgendwas mit – *Sie laufen ja schon wieder herum.*«

Er kam zurück. Musterte mich. »Sie laufen schon wieder herum?«

»Die hat mich irgendwie verwechselt.«

Er schien kurz zu überlegen. »Die ist nicht ganz dicht. Kannst du alles ignorieren.« Damit war er wieder draußen.

Eine Schale war nicht aufzufinden. Ich warf die Blüten zurück in den Garten und überlegte, was ich mit meinem Zimmer anstellen sollte. Alle meine Sachen waren verstaut, das meiste hatte in den großen Schrank gepasst. Außer in die klemmende Schublade. Da steckten wohl noch Sachen von der schottischen Jette drin, ich konnte ein Stück Stoff sehen.

Ein paar Fotos hatte ich mir mitgebracht und über den Schreibtisch gepinnt, aber es sah immer noch so unpersönlich und geradezu nackt hier aus. Voller Neid dachte ich an die tollen Collagen in Benjamins Zimmer. Um die großen Wandflächen mit Bildern zu füllen, hätte ich mein ganzes schönes Geld gleich wieder ausgeben müssen. Ein Sonnenstrahl schien auf meine Armbanduhr, reflektierte das Glas und hüpfte als heller Punkt an der Wand auf und ab. Und plötzlich wusste ich, was ich mit den Wänden anstellen könnte. Sie bemalen! Ich konnte ziemlich gut zeichnen, das war nicht das Problem. Am liebsten

Porträts mit Zeichenkohle oder Bleistift. Die besten davon waren in meinem kostbaren Skizzenbuch, das ich schon seit einem Jahr überall mit hinschleppte. Mir musste nur noch etwas Passendes einfallen. Claire hatte schließlich gesagt, dass ich mit dem Zimmer tun und lassen könnte, was ich wollte.

Aber vielleicht sollte ich Julius vorsichtshalber noch mal fragen.

In der Eingangshalle fiel mir ein, dass ich gar nicht wusste, hinter welcher Tür er wohnte. Das Zimmer, das auf die Straße hinausführte, war das von Claire. Sie übte gerade ein kompliziert klingendes Stück, brach immer wieder ab und fing erneut an. Benjamin war gestern früh in dem Zimmer neben dem Bad verschwunden. Also blieben nur noch zwei übrig. Das Zimmer direkt neben mir und das neben Claire. Zögernd klopfte ich zuerst nebenan.

Niemand antwortete. Ich stand eine Weile herum und hoffte, dass irgendwo jemand herauskommen würde. Als nichts geschah, versuchte ich es bei der anderen Tür.

»Ja«, brummte es. Ich trat ein.

Zuerst sah ich nur ein gigantisches Bild. Schwarze und rote Farbe bildeten einen Klumpen, eine Art umgekippten Käfer, aus dem menschliche Beine und Arme herausragten. Die Beine und Arme waren aus Fotos ausgeschnitten. Versuchte sich Julius auch an Collagen? Ich kniff die Augen zusammen. Die von Benjamin gefiel mir bedeutend besser. Julius' Zimmer war noch größer als meins, aber spärlich möbliert. Den meisten Platz nahm ein enormer Flachbildschirm ein, auf dem gerade ein Cartoon tobte – quiekende Ratten in Badehosen jagten durch eine psychedelisch grelle Welt.

Auf dem Boden befand sich ein Futon, darauf lag ein Junge, neben sich eine tiefe Schale. Julius.

»Ach, du hast mich gehört«, sagte ich überflüssigerweise.

»Was gibt's?« Er sah nicht mal auf.

»Ich wollte nur fragen, ob es okay ist, wenn ich die Wand in meinem Zimmer anmale.«

»Ja.« Er legte was in die Schale.

»Ich meine so ein richtiges Wandbild, bis zur Decke hoch.« Offensichtlich hatte er mich nicht richtig verstanden.

»Klar.«

Er benahm sich, als kostete ihn jedes Wort einen Euro, obwohl Geld, wie mir ein rascher Blick durch das Zimmer zeigte, für ihn garantiert keine Rolle spielte. Er schien so ziemlich alle technischen Neuheiten zu besitzen, die meinem Vater bei jedem Besuch im Elektromarkt Tränen der Sehnsucht in die Augen trieben.

»Na, dann ist es ja gut.« Ich gab mir einen Ruck. »Ach, und da waren solche Blumen in meinem Zimmer.« Er antwortete nicht. Ich fuhr fort. »Also – danke, falls du das warst, aber eigentlich ist es mir lieber, wenn die Leute nicht in mein Zimmer gehen, ohne mich zu fragen.« Wieder keine Reaktion. War der taub? Ich stand verlegen herum und schielte erneut auf das seltsame Bild. Julius setzte sich plötzlich auf und gab dabei die Sicht auf die Schale frei. Es dauerte einen Moment, ehe ich kapierte, was er da drin hatte. Verschrumpelte braune Apfelgriebse. Mindestens ein Pfund. Der Typ sammelte seine abgenagten Äpfel!

Er schien mein Befremden nicht zu bemerken, zappte nur die Ratten zugunsten eines Schwarz-Weiß-Films weg. Eine Frau stand jetzt hinter einem altmodischen Duschvorhang, während davor jemand mit einem Messer fuchtelte.

»Geil«, sagte Julius.

Ich wandte mich ab. Wir hatten uns offensichtlich nichts zu sagen. Ich war bereits an der Tür, als er mich noch mal ansprach.

»Wie ist es in deiner Kanzlei?«

»Toll, es ist richtig gut«, sprudelte ich heraus, froh darüber, dass er doch ein bisschen Interesse zeigte. »Die Leute sind total nett und helfen ihren Klienten, ich denke fast darüber nach, auch mal Anwältin zu werden und …«

»Woran erkennt man, dass ein Anwalt lügt?« Er sah mich herausfordernd an.

»Was?«, stotterte ich, aus dem Konzept gebracht.

»Er bewegt die Lippen.«

Ich lachte künstlich über diesen lahmen Witz, aber Julius lachte nicht mit. Mir fiel auf, dass er sich offenbar einen Ziegenbart wachsen ließ. Fehlten nur noch die Hörner.

Er stöpselte seine Kopfhörer wieder in die Ohren und hob ein Buch vom Fußboden auf. Das Gespräch war beendet.

Warum sagte er so was?

So langsam dämmerte mir, was Claire mit ihrer Bemerkung über Julius gemeint hatte.

Im Tierreich ist alles so einfach.

Ich beobachte, wie ein Löwe im Fernsehen den alten Revierbesitzer im Kampf besiegt, um ein neues Rudel zu erobern. Aber damit nicht genug. Er tötet dem Vorgänger auch noch den Nachwuchs, um alles zu vernichten, was nach ihm riecht. Ich beuge mich atemlos nach vorn. Keine halben Sachen, das imponiert mir. Und mir kommt eine Idee.

Jetzt werden auch die anderen aufmerksam. Das Mädchen schlägt wimmernd die Hände vors Gesicht, als der Löwe seine Zähne in das fremde Jungtier gräbt. Die anderen stimmen entsetzt mit ein. Sie finden das grausam. Ich hingegen finde, das man von Tieren was lernen kann.

Aber ich kann mich gut verstellen.

7. Kapitel

Claire hatte angeklopft und gefragt, ob es mich stören würde, wenn sie noch ein bisschen weiterübte, hatte dann ein Buch bei mir entdeckt, das ihr gefiel, und war schließlich in meinem Zimmer hängen geblieben. Seitdem erzählte sie mir alles Mögliche von ihrem Studium.

»Mit dir kann man wenigstens reden«, sagte sie gerade. »Die Jungs sind immer so maulfaul, morgens spricht man sie am besten nicht an und Klatsch wollen sie schon gar nicht hören. Bin froh, dass mal ein Mädchen hier wohnt.«

»Warum ist Lauren eigentlich noch nicht eingezogen?«, fragte ich. Es war die erste Frage, die ich loswerden konnte. Mit mir ließ sich offenbar gut reden, weil ich selbst nicht dazu kam.

»Weil ihre Mama es nicht erlaubt.« Claire grinste mich an. »Sie ist immerhin erst siebzehn und geht noch zur Schule.«

Ich doch auch, wollte ich sagen, ließ es aber bleiben.

»Na, jedenfalls muss die nette Lauren noch ein Jahr warten, bis sie mit ihrem Liebling zusammenziehen darf. Und wer weiß, was dann ist. Dann hat er vielleicht längst schon eine Neue.« Sie winkte ab.

»Meinst du?«, fragte ich überrascht.

Claire zuckte mit den Schultern. »Wer weiß, wer weiß. Die Wege der Liebe …« Sie wackelte mit dem Kopf wie eine weise Frau.

Ich prustete los. Claire sah auf ihre Uhr.

»Ich habe jetzt doch keine Lust mehr zum Üben. Komm doch mit rüber zu mir, da können wir noch ein bisschen quatschen. Bei dir ist es so …«

Sie sah sich leicht betreten um.

»… leer?«, sprang ich ein. Sie nickte, offenbar erleichtert, dass ich nicht beleidigt war.

Claires Zimmer gefiel mir auf Anhieb. Der imposante Flügel stand in der Mitte, sie hatte einen Haufen Bücher und auf dem Fußboden stapelten sich Noten. Sie hatte sogar eine Couch und einen Fernseher, aber seltsamerweise wirkte es gar nicht spießig, sondern gemütlich.

»Willst du?« Sie hielt mir eine Tafel Schokolade hin. Und ob ich wollte.

»Wenn ich Frust habe, muss ich immer futtern«, sagte sie.

»Frust?« Sie sah gar nicht so aus, als ob sie jemals Schokolade aß. So schlank und irgendwie sehnig.

Sie hatte den Mund voll und deutete als Antwort nur auf den Flügel. Ich brach mir noch ein Stück ab und schielte auf die Packung. Die Schokolade war total lecker. Irgendwas mit eleganten Goldbuchstaben, nichts aus dem Supermarkt. Ich fragte mich unwillkürlich, ob Claire wohl ebenso viel Geld hatte wie Julius. Ich sprach sie auf Julius an.

»Wieso gehört Julius eigentlich so eine große Villa?«

»Was? Hat er das etwa behauptet?«

»Nein, ich ... Also, Benjamin hat das gesagt.«

»Der spinnt. Hat wieder mal nicht richtig zugehört. Die Villa gehört Julius' Vater.«

»Und wo wohnt der Vater?« Einen hysterischen Moment lang dachte ich an das Schlurfen neulich nachts und an das mysteriöse Obergeschoss, das niemand betreten durfte.

Claires Mundwinkel kräuselten sich amüsiert. »Na, in seiner anderen Villa natürlich. Mit seiner zweiten Frau. Oder siebten, was weiß ich.«

»Aha«, sagte ich nur. Sie schien nichts bei dem Gedanken zu finden, dass eine Familie in zwei riesigen Häusern wohnte.

Claire machte den Fernseher an, weil sie irgendeine Vorabendserie gucken wollte, und nach einer Weile kam auch Julius einfach herein und setzte sich zu uns. Ich versuchte, ihn geflissentlich zu ignorieren, damit er nicht wieder irgendwelche blöden Witze über Anwälte machte, aber er war wie ausgewechselt. Legte die Beine auf den Tisch, scherzte mit Claire rum, zappte sich durch die Kanäle und kommentierte eine alberne Werbung für Katzenfutter, dass wir bald vor Lachen platzten. Und plötzlich war

Claires Zimmer voller Leute. Benjamin tauchte auf, offenbar von unserem Gelächter angelockt, und zu guter Letzt saßen auch noch Stefan und Lauren bei mir unten auf dem Fußboden, obwohl sie eigentlich vorgehabt hatten, ins Kino zu gehen.

»Mensch, jetzt habt ihr mir die ganze Schokolade weggefressen«, schimpfte Claire, aber es klang nicht wirklich böse.

»Ach, tu doch nicht so.« Julius marschierte einfach zu ihrem Schreibtisch. »Ich weiß doch, dass du noch ganze Wagenladungen von Süßigkeiten hier drin hast.« Er riss eine Schublade auf. Sie war bis obenhin mit bunten Packungen vollgestopft.

Sieh mal an, Claire war also eine heimliche Naschkatze.

»Finger weg!«, rief Claire, lachte aber und blieb sitzen.

Jemand hatte ein paar Alcopops geholt und Julius war immer noch auf der Suche nach einem Programm.

»Das, das!«, rief Claire, als kurz eine Reportage über Möchtegern-Models aufflackerte, aber Julius stöhnte nur und zappte weiter. Ich überlegte inzwischen, ob ich mich irgendwo anders hinsetzen sollte, denn Lauren und Stefan rangelten herum und immer wieder stieß Stefan gegen mich. Er schien das ziemlich lustig zu finden. Doch da war es schon zu spät. Mit einem Klirren flog mein Drink um, rote Flüssigkeit ergoss sich auf den Boden.

»Mensch, pass doch auf!« Claire sprang auf und brachte schnell ihre Noten in Sicherheit.

»Tut mir leid.« Ich konnte merken, dass sie sauer auf mich war, dabei war es doch gar nicht meine Schuld. »Ich hol einen Lappen.« Damit war ich aus dem Zimmer.

»Neben dem Kühlschrank hängt eine Küchenrolle«, rief mir jemand nach. Ich ärgerte mich über mich selbst, dass ich sofort lossprang, während Lauren und Stefan weiter aneinander herumfummelten. Ich sollte etwas sagen. Andererseits wollte ich nicht so kleinlich wirken.

»Vielleicht können wir alle ein bisschen zusammenrücken«, begann ich, als ich wieder ins Zimmer trat. Aber keiner hörte mir zu. Sie starrten alle wie gebannt auf den Fernseher. Dort schlug ein Löwe seine riesige Pranke in ein panisch schreiendes Löwenbaby und biss ihm ins Genick. In Nahaufnahme. Ich hielt erschrocken die Luft an.

»Oh Gott«, sagte Lauren gerade.

»Ist ja brutal.« Stefan schüttelte den Kopf. Trotzdem blickten sie alle weiter auf das blutige Massaker vor ihren Augen.

»Das nennt man Infantizid«, bemerkte Julius. »Machen Tiere oft. Schweine fressen manchmal aus Versehen ihre eigenen Kinder, wusstet ihr das?«

»Das ist mir egal, das ist widerlich. Mach das weg!« Claire griff nach der Fernbedienung.

»Ja, echt, mach das weg. Das ist ja wie ein Snuff

Movie.« Benjamin sagte selten was, aber wenn er es tat, hatte es Gewicht.

Julius schaltete gereizt den Fernseher aus.

»Kommt eh nur Scheiß. Ich geh wieder rüber. Tschüss dann.« Und schon war er weg.

»Gehen wir noch ins Kino?«, quengelte Lauren und zog Stefan am Arm. Die Stimmung war innerhalb von Minuten umgeschlagen. Schade, endlich war es mal lustig gewesen. Fast normal.

Bis eben.

Lauren und Stefan verschwanden auch, gingen aber offensichtlich nicht mehr aus dem Haus, denn ich konnte andauernd Laurens quiekendes Lachen hören.

»Mann, die beiden könnten auch mal die Lautstärke runterschrauben«, sagte Claire. Benjamin verdrehte die Augen und murmelte etwas Zustimmendes. Ich schwieg, aber im Stillen gab ich ihnen recht. Mein Handy klingelte. Nadja. Ich machte ein entschuldigendes Gesicht und ging raus, durch die nur spärlich beleuchtete Halle in mein Zimmer.

»Hallo, du Ausreißerin!«, begrüßte mich Nadja. Im Hintergrund klapperten Gläser. Wahrscheinlich rief sie vom Restaurant aus an. »Hast du schon alle Jungs in deiner WG um den Finger gewickelt?«

»Jetzt hör auf! Ich bin nicht so wie du!«

Sie lachte. »Vielleicht sollte ich mal vorbeikommen. Könnte mir gefallen. Mal weg von den ewigen

Schnitzeln und Bratkartoffeln.« Sie stöhnte. »Ich sag's dir … Auch noch bei der Hitze!«

»Ja klar, komm doch!«, sagte ich. »In meinem Zimmer ist genug Platz.«

»Das Zimmer ist mir doch egal«, sagte sie. »Ich schlaf auch auf dem Küchentisch, wenn's sein muss. Aber mal richtig einen draufmachen. Alleine! Mann, du weißt gar nicht, wie gut du es hast. Meine Eltern würden das nie erlauben und außerdem das scheiß Restaurant …«

Im Hintergrund rief jemand nach ihr.

»Jaja«, murmelte sie. »Mach mal halblang. Komme ja gleich. Jetzt erzähl doch mal schnell – wie ist es denn so?«

»Also das Zimmer ist total cool und die Villa auch und die Leute hier sind … sind …« Ich wusste nicht recht, was ich sagen sollte. »… okay«, sagte ich schließlich etwas lahm.

»Nur okay?«

»Na ja, der, dem das Haus gehört, der ist irgendwie ein bisschen komisch, so abweisend. Und mit einem anderen habe ich noch keine zwei Worte gewechselt. Der haut immer ab. Das Mädchen ist ein bisschen launisch und …«, ich überlegte, »dann ist da noch ein echt süßer Typ.«

»Ui«, machte Nadja. »Jetzt wird's spannend.«

»Nein«, sagte ich hastig. »Nicht, was du denkst. Der hat 'ne Freundin. Aber er ist ganz nett.«

»Nadja!«, brüllte es erneut.

»Scheiße, ich muss los«, sagte sie. »Ach übrigens – Oliver war gestern hier.«

»Alleine?«, presste ich heraus.

»Nee«, sagte sie mitleidig. »Mit ihr. Aber sie hat sich Saft aufs Kleid gekippt!«

Wir lachten beide.

»Tschüss dann!«

Ich legte das Handy weg. Blickte kurz auf meine nackte, kahle Wand und griff mir dann ein Buch.

Eine halbe Stunde später ließ ich es wieder fallen. Ich konnte mich irgendwie nicht konzentrieren. Die Türen zum Garten standen offen und ich hörte jemanden husten. Eine alte Frau. Die von nebenan? Die bei meinem Anblick so erschrocken war? War sie wirklich nicht ganz dicht, wie Stefan behauptete? Aber mit wem hätte sie mich verwechseln sollen? Mir fiel die blaue Umhängetasche ein, die ich benutzt hatte. Vielleicht hielt mich die Frau für Jette? Ich betrachtete den Kalender an der Wand. Schlug die Seite um zu August. Dort hatte Jette mehrere Einträge verzeichnet. *Georgs Party. BaföG-Amt*. Und *Arbeit bei Ginos*. Merkwürdig. Wieso hatte sie das alles geplant, wenn sie doch wusste, dass sie nach Schottland gehen würde? Ich ließ das Blatt los. Vielleicht war sie ja total spontan. Draußen verschwand bald das letzte Tageslicht und ich beschloss, noch mal kurz in den Garten zu gehen, um etwas frische Luft zu schnappen.

Auf einem Nachbargrundstück mähte jemand den Rasen. Das monotone Brummen und der frische Grasgeruch erinnerten mich urplötzlich an den Schrebergarten meiner Eltern, und obwohl ich es vor niemandem in der Welt zugegeben hätte, verspürte ich in diesem Moment leichte Sehnsucht nach zu Hause. Ich redete mir ein, dass ich den vollen Kühlschrank und die frisch bezogenen Betten vermisste, aber tief in mir wusste ich, dass es noch etwas anderes war. Das Gefühl von Sicherheit.

Ich gab mir einen Ruck und ging den schmalen Pfad entlang. Das hier war doch das unabhängige Leben, frei von nörgelnden Eltern und schulischen Pflichten, wie ich es mir immer erträumt hatte. Es war nur schade, dass niemand sehen konnte, wie cool ich jetzt war. Die Leute um mich herum schien es jedenfalls nicht so zu beeindrucken wie Nadja.

Ich befand mich jetzt am Ende des Gartens, wo eine dichte Hecke die Sicht auf die angrenzenden Villen versperrte. Hier hinten war der Garten noch verwilderter. Meterhohe Disteln und Brennnesseln wucherten und eine alte Matratze schimmelte vor sich hin. Mit einem letzten Jaulton hörte der Rasenmäher jäh auf. Die plötzlich eingetretene Stille wirkte wie ein Schock. Ganz in meiner Nähe raschelte es. Ich blieb stehen. Gab es hier Ratten? Meine Augen schweiften von rechts nach links, obwohl ich in der Dämmerung kaum noch was sehen konnte. Da spürte ich eine Bewegung an meinem Fußgelenk. Erschrocken sprang ich zur Seite und sah gerade noch den buschigen Schwanz eines Eichhörnchens in der Dunkelheit verschwinden.

Mann, was war nur mit mir los? Ich war auf einmal so schreckhaft. Zeit, in mein Zimmer zurückzukehren. Meine E-Mails zu checken und mir den Blog meiner Cousine durchzulesen, die seit ein paar Monaten in Australien war. Ich drehte mich um und sah die erleuchtete Villa in der Abenddämmerung vor mir liegen. Majestätisch, wie aus einem alten Film. Die riesigen hellen Fenster unten, die dunklen oben.

Doch halt. Ein ganz schwacher Lichtschimmer flimmerte im Obergeschoss. Wie konnte das sein? Ich fixierte das Fenster, aus dem der Lichtschein kam.

Da war noch etwas.

Ein Umriss, oder ein Vorhang, der schief hing. Je näher ich an das Haus herankam, umso deutlicher konnte ich es sehen. Und plötzlich setzte mein Herz eine Sekunde lang aus. Es gab keinen Zweifel.

Dort oben stand jemand am Fenster und sah hinaus. Direkt zu mir herunter.

Ich konnte nicht erkennen, wer es war, aber Claire spielte wieder Klavier und Benjamin lief in seinem Zimmer auf und ab und telefonierte, ich konnte ihn durch die Scheibe sehen. Stand da Stefan oder Julius? Was sollte dieser Blödsinn? Die Person bewegte sich nicht. Und noch etwas fiel mir auf. Der Kopf. Er war seltsam unförmig. Ich rannte zurück in mein Zimmer und riss die Tür zum Korridor auf. Stefan und

Julius standen vor dem Mountainbike, mit Schraubenziehern in der Hand, Lauren hockte daneben auf dem Boden. Sie sahen mich fragend an.

»Ist irgendwas?« Stefan blickte erwartungsvoll zu mir.

Wortlos kehrte ich in mein Zimmer zurück. Meine Gedanken rasten kreuz und quer, wie ein Irrlicht erschien die Figur am Fenster immer wieder in meinem Kopf. Alle waren unten im Haus. Alle waren da, wo sie sein sollten. Kein Grund zur Panik. Doch da oben war jemand, ich hatte es eindeutig gesehen. Ein Geist? Es gab keine Gespenster. Ich war nicht verrückt. Ich warf mich auf mein Bett. Etwas Hartes grub sich in meine Rippen. Hatte ich mein Buch liegen gelassen? Ich hob die Decke hoch. Es war kein Buch.

Es war Schokolade, eingepackt in feines Papier mit eleganten Goldbuchstaben.

8. Kapitel

Den ganzen nächsten Vormittag lang dachte ich nach. Ich hatte die Schokolade bislang nicht angerührt, obwohl ich solchen Appetit darauf hatte. Etwas hielt mich davon ab.

An diesem Morgen war in der Kanzlei nicht viel los. Weder Frau Ott noch ihr Enkel Lars ließen sich blicken. Das fand ich schade. Erstens war er mir sympathisch gewesen und zweitens hatte ich das Bedürfnis, mit jemandem außerhalb meiner WG zu reden. Ich seufzte. Alles, was ich tun musste, war Akten heraussuchen. Es war nicht gerade ein Job, der mich geistig überforderte, weshalb mir Zeit zum Grübeln blieb. Viel zu viel Zeit.

Gestern Abend hatte ich einfach angenommen, die Schokolade sei von Claire. Logischerweise, denn sie hatte genau diese Sorte in ihrem Hamsterversteck. Und außerdem war ich letzte Nacht viel zu fertig wegen des Unbekannten am Fenster gewesen, als dass ich mir Gedanken über dieses seltsame Geschenk gemacht hätte. Ich war in einen unruhigen Schlaf gefallen, zu spät und schweißgebadet aufgewacht und zur Arbeit gehetzt.

Jetzt erst kam ich zur Besinnung. Und die Frage, die

immer dringlicher in meinem Kopf herumgeisterte, war: Welchen Grund sollte Claire haben, mir heimlich Schokolade ins Bett zu legen? Sie war sauer auf mich gewesen, weil ich ihre Noten beinahe in rosarotem Alkohol ertränkt hatte. Nicht gerade ein Grund, jemandem was zu schenken. Hatte sie vielleicht wegen irgendetwas ein schlechtes Gewissen? Sie kam mir nicht vor wie jemand, der sich mit Selbstvorwürfen quälte. Das war eher meine Spezialität.

War Claire vielleicht … lesbisch? Sollte das so eine Art Liebesbekundung sein? Und wie sollte ich damit umgehen? Nein, Blödsinn. Ich verbannte diesen Gedanken gleich in die letzte Ecke meines Gehirns. Sie interessierte sich herzlich wenig für mich. Sehr unwahrscheinlich, dass sie in mich verknallt war.

Aber wenn Claire es nicht gewesen war – wer dann? Ich musste an die Person hinter der Scheibe denken. An den eigentümlich verwachsenen Kopf. War etwas mit der Schokolade? War etwas *in* der Schokolade? Die Temperatur im Zimmer schien auf einmal um 10 Grad zu sinken, obwohl draußen herrlichster Sonnenschein war.

Ich schüttelte mich leicht. Jetzt bloß nicht panisch werden. Es war doch nur Schokolade, verdammt noch mal! Wahrscheinlich auch ein Gag, wie die Blumen. Wahrscheinlich hatte ich noch Glück – in der Computer-WG hätte man mir vielleicht ein Kabel ins Bett gelegt.

»Ist Ihnen nicht gut?« Frau Wagner war hereingekommen, ohne dass ich sie bemerkt hatte.

»Nein, nein, mir geht's prima. Ich lese mir nur die Fälle durch.«

»Sind die so schrecklich? Sie sehen so blass aus. Ich kann mich gar nicht mehr an die Details erinnern, zeigen Sie mal her.«

Sie warf einen flüchtigen Blick auf die Akte Patzmann gegen Stiller.

»Ach, das war der, der seinem Nachbarn die Katze vergiftet hat. Aus Versehen, hat er behauptet. Man konnte ihm damals nichts nachweisen. Daraufhin hat sich die andere Familie einen Hund angeschafft, der hat ihn jetzt gebissen. Aus Versehen, behauptet nun die Katzenfamilie. Ein Ringelpietz ist das … Man könnte meinen, die Leute haben nichts anderes zu tun, als sich mit ihren Nachbarn zu streiten.« Sie seufzte. »Na, wissen Sie, das müssen Sie sich heute nicht mehr antun. Sie können ruhig schon eher gehen.«

Sie hielt ein paar Blätter hoch, die sie in der Hand hatte. »Sie können hiervon noch ein paar Kopien machen und dann ab ins Eiscafé!«

Ich sah sie erstaunt an.

»Das machen junge Leute doch im Sommer, oder nicht? Oder sind Sie etwa auch dauernd auf Diät?«

»Auch?«

Frau Wagner zupfte an ihrem Rock herum, der zugegebenermaßen ein bisschen spannte. »Als ich so alt war wie Sie, war mein Spitzname Fädchen, können Sie sich das vorstellen?«

Nein, das konnte ich nicht. Ich kicherte und hielt mir gleich erschrocken die Hand auf den Mund, aber sie lachte nur.

»Hier.« Sie reichte mir die Blätter.

Ich schmunzelte immer noch, als ich das erste Blatt auf den Kopierer legte. Gelangweilt überflog ich das zweite Blatt. Und stutzte. Da war ein Name. Ein mir bekannter Name. War das Zufall?

Das Dokument in meiner Hand war vom Vorsitzenden Zivilrichter der dritten Strafkammer beim Landgericht unterschrieben. Mit einem Krakel, man konnte es kaum entziffern. Doch darunter stand der Name noch einmal gedruckt: Behnisch.

Wie Julius Behnisch? Frau Wagners Reaktion auf diesen Namen fiel mir ein.

Wie viel verdiente wohl so ein Richter? Genug für zwei Villen?

»Sie müssen das Blatt schon reinlegen, wenn sie es kopieren wollen.«

Herr Seibel stand hinter mir und sah mich belustigt an.

Mein Mund öffnete sich wie von selbst.

»Richter Behnisch«, sagte ich. »Kennen Sie den?«

»Ja, natürlich.«

»Wie ist der so? Ich meine, ist der streng, so als Richter?« Ich wusste selbst nicht richtig, worauf ich hinauswollte.

»Na, ein guter Märchenonkel ist er nicht gerade. Das liegt in der Natur seines Berufes.« Herr Seibel lachte. »Man kann schon sagen, dass er nicht besonders zimperlich ist. Seine Strafen könnten oft milder ausfallen.«

In Gedanken sah ich einen grimmigen alten Mann vor mir, eine Mischung aus meinem ehemaligen Mathelehrer und einem südamerikanischen Diktator. Herr Seibel redete indessen weiter.

»Schon komisch, wie manche in dem Job eine Art Jekyll-und-Hyde-Persönlichkeit entwickeln. Bei seinen Familienangelegenheiten soll er nicht halb so hart durchgreifen.«

»Wie meinen Sie das?« Ich war plötzlich hochkonzentriert, kopierte aber weiter.

Herr Seibel wand sich ein bisschen, offenbar wurde ihm erst jetzt bewusst, mit wem er sprach.

»Sie wissen ja, dass nichts, was Sie in diesen Wänden hören, nach draußen dringen darf?«

Ich nickte.

»Nun, ich sage nur so viel: Richter Behnisch hat einen Sohn, der bei der Polizei kein Unbekannter ist. Und das nicht wegen seines Vaters. Ich weiß zwar nichts Genaues, aber eins ist gewiss: Der Knabe hat irgendein Problem und sein Erzeuger versucht, ihn mit Geld unter Kontrolle zu halten. Vergebliche Liebesmüh, wenn Sie mich fragen.«

Ich fragte ihn nicht. Ich war wie erstarrt. Währenddessen spuckte das Gerät die letzte Kopie aus.

»Aber mich fragt ja keiner«, schloss Herr Seibel. »Zu meiner Zeit …« Er winkte ab. »Was machen Sie eigentlich noch hier?«

»Oh, ich bin schon weg!« Ich raffte meine Tasche vom Tisch und ließ den verdutzten Herrn Seibel stehen.

Ich hätte in diesem Moment meine linke Hand darauf verwettet, dass ich diesen missratenen Sohn kannte.

9. Kapitel

Die Villa war wie ausgestorben. Nachdem ich meine Tasche aufs Bett geworfen und die Tür zur Terrasse geöffnet hatte, sah ich Lauren im Garten sitzen. Sie blätterte gelangweilt in einer Zeitschrift. Als sie mich sah, leuchteten ihre Augen auf.

»Nina! Endlich leistet mir jemand Gesellschaft.«

»Wie bist du denn ins Haus gekommen?«, fragte ich verblüfft.

Sie zog erstaunt die makellos gezupften Augenbrauen hoch. »Na, mit einem Schlüssel natürlich. Stefan hat ihn mir gegeben. Ich warte auf ihn, er müsste bald von seiner Schicht kommen.«

»Schicht?«

»Er lernt doch Krankenpfleger, wusstest du das nicht? Heute hatte er Frühschicht. Im Moment ist er in der Psychiatrie.« Sie wedelte leicht mit ihrer Hand vor der Stirn herum, offenbar um anzudeuten, dass Stefan es mit Verrückten zu tun hatte.

»Ach«, sagte ich. Aus irgendeinem Grund überraschte mich diese Neuigkeit. Ich hatte schon halb erwartet, dass Stefan der uneheliche Sohn eines reichen Filmstars war. Mit seinem Model-Look und dem Waschbrettbauch.

»Na, wenigstens bist *du* jetzt da«, sagte Lauren fröhlich. Sie lebte sichtlich auf. »Setz dich doch mit her.« Ich hatte zwar halb mit dem Gedanken gespielt, mir Frau Wagners Vorschlag zu Herzen zu nehmen und mir ein Eis zu kaufen, aber hier bot sich eine vorzügliche Gelegenheit zu Nachforschungen. Ich überlegte nicht lange.

»Klar, gern.« Mit einem Ächzen wollte ich mich neben sie auf die Bank fallen lassen, aber sie zupfte mich am Ärmel.

»Kann ich mal deinen kleinen Gecko sehen?«

»Klar.« Ich ging zurück in mein Zimmer und brachte Billys Glaskasten raus.

»Süß!«, quiekte Lauren. Sie strich vorsichtig mit dem Zeigefinger über Billys schuppige Haut. »Kannst du ihn mal rauslassen?«

Ich zögerte. »Ich weiß nicht so recht. In dem hohen Gras ist er schnell verschwunden.« Billys Knopfaugen schienen mich zu beobachten. Sehnte er sich auch nach der Freiheit?

Lauren seufzte. »Du hast es gut. Ich durfte mir nie ein Tier halten. Meine Mutter ist so ziemlich gegen alles allergisch.«

Eine Weile lang saßen wir schweigend nebeneinander.

»Wie ist denn dein Job so?«, unterbrach Lauren die Stille. »Anstrengend?«

»Nein, gar nicht«, sagte ich. Ich hatte Lauren anscheinend falsch eingeschätzt, sie für hübsch, oberflächlich und – wenn ich ehrlich war – ein bisschen hohl gehalten. Aber sie war die Erste, die sich nach meinem Befinden erkundigte, seit ich hier eingezogen war.

»Hast du es mit Verbrechern zu tun?«, fragte sie neugierig und hielt Billy einen Grashalm hin, den er ignorierte.

Ich musste lachen. »Nein, sind alles ganz normale Leute. Die haben nur Probleme mit …« Die Schweigepflichtserklärung fiel mir ein und ich verstummte erschrocken.

Lauren seufzte. »Wenigstens hast du einen Job. Ich wollte im Sommer im *Café Melange* arbeiten, aber meine Mutter hat mich nicht gelassen. Die behandelt mich wie ein Baby.« Ihr Gesicht bekam einen trotzigen Ausdruck. »Noch ein Jahr, dann ziehe ich sowieso aus.«

»Mit Stefan zusammen?«

Laurens große blaue Augen schienen noch größer zu werden. »Natürlich. Was denn sonst? Stefan ist die Liebe meines Lebens!«

Ich fand das ein bisschen theatralisch, sagte aber nichts. Sie war so freundlich und irgendwie süß.

»Wie lange seid ihr denn schon zusammen?«, fragte ich.

»Oh, seit letztem Juli. Ich glaube, dass er vorher ziemlich einsam war ohne mich.«

»Ach ja?« Ich konnte nur mühsam ein Lächeln unterdrücken. Stefan kam mir nicht gerade vor wie ein Kind von Traurigkeit.

»Echt! Ganz alleine in dem großen Haus. Du hättest mal sein Zimmer sehen sollen, als ich ihn kennengelernt habe. Da sah es aus wie nach einer Bombenexplosion. Er war total glücklich, als ich das erste Mal für ihn aufgeräumt habe.«

»Stefan hat hier alleine gewohnt?« Ich war völlig perplex. Anstelle von Antworten tauchten immer neue Fragen auf. Und Lauren räumte für ihn auf? Bügelte sie etwa auch seine Pflegeruniform?

»Na gut, *fast* alleine. Claire war auch hier. Die durfte schon von zu Hause ausziehen, bevor sie das Abi hatte.« Lauren klang verschnupft.

»Warte mal, du meinst, Claire und Stefan haben hier zusammen gewohnt?« Wie um alles in der Welt hatten die beiden Streithähne es miteinander ausgehalten? Und diese Jette? Und wo war eigentlich Julius? »Wo waren denn Julius und Jette zu dieser Zeit?«

»Ich weiß nicht genau. Jette war da noch nicht hier. Und Julius … Ich glaube, der war verreist. Vielleicht wollte er die Villa nur vermieten, um Geld zu verdienen.«

»Aber dann ist er doch eingezogen?«

»Ja, das stimmt.« Lauren wirkte leicht konfus. »Ach, egal.«

»Findest du es nicht seltsam, dass Julius eine Villa hat?«

»Ist doch schön.« Lauren sah mich unschuldig an. »Ich wünschte, meine Eltern würden mir eine Villa schenken. Aber mein Vater ist kein Richter.«

»Kein Richter«, wiederholte ich schrill. Ich hatte recht! Ich hatte recht!

»Na ja, Julius' Vater ist doch am Gericht fast berühmt. Oder so.« Das Thema schien sie nur am Rande zu interessieren. Aber ich wollte unbedingt alles wissen. So bereitwillig wie Lauren hatte mir hier noch niemand Rede und Antwort gestanden.

»Sein Vater ist also Richter?«, vergewisserte ich mich.

»Ja klar. Weißt du das denn nicht?« Ich konnte sehen, wie es in ihr arbeitete. »Das müsstest du doch wissen. Du jobbst doch gerade bei einem Anwalt, oder?«

»Schweigepflichtserklärung.« Ich fing an, dieses Wort zu lieben.

»Ach so.«

»Da muss Julius seinem Vater ja ganz schön dankbar sein«, versuchte ich das Gespräch in neue Bahnen zu lenken.

Sie zuckte mit den Schultern. »Ich glaube, die können sich nicht leiden. Julius soll wohl Jura studieren und will nicht.«

Es machte Sinn. Es machte alles auf einmal Sinn. Und meine detektivischen Fähigkeiten kamen mir schlagartig albern vor. Julius war nur ein verwöhnter Typ mit mehr Geld als Verstand und hegte einen

Groll gegen Anwälte und andere juristische Berufe, weil er ein Problem mit seinem Vater hatte.

»Lauren«, entfuhr es mir, »warst du schon mal in der oberen Etage?« Sie war so mitteilsam, ich hatte plötzlich keine Hemmungen mehr, ihr von meinem nächtlichen Erlebnis zu berichten. Und von den Geschenken auf meinem Bett.

»Nein, warum? Da ist doch gesperrt.«

»Ich habe gestern vom Garten aus jemanden gesehen.«

»Bist du dir sicher? Wer sollte sich denn da oben rumtreiben?« Lauren blinzelte in die Sonne.

»Keine Ahnung. Aber würdest du vielleicht mit mir –«

»Willst du echt da hoch?« Lauren schien wenig Lust zu haben. »Frag doch lieber Julius, was da oben los ist.« Aber ich ließ nicht locker. Jetzt oder nie, dachte ich. Ich musste mir einfach Klarheit verschaffen. Und wenn ich es überhaupt jemals fertigbrachte, da oben nachzusehen, dann nur mit der arglosen Lauren an meiner Seite, die komplett immun gegen jegliche Art von Geheimnissen zu sein schien.

Sie seufzte wieder, stand aber auf und hob Billys Kasten hoch. Sie reichte ihn mir und trottete dann mit mir zum Haus zurück. »Hast du denn einen Freund zu Hause?«, fragte sie mich. Wie es aussah, gab es für Lauren nur ein Thema.

Ich dachte an Oliver. Ein halbes Jahr lang waren

wir zusammen gewesen. Ich total verknallt, er wohl weniger, wie sich bald herausstellen sollte. Plötzlich hatte er dauernd keine Zeit mehr. Immer war etwas anderes – Training, Hausaufgaben, seiner Oma helfen. Dass die Oma Mia hieß und in meine Parallelklasse ging, erfuhr ich von einer Freundin. Beim Gedanken an die beiden, die wahrscheinlich gerade in einer Ecke der Keksfabrik standen und herumknutschten, zog sich kurz mein Magen zusammen.

»Im Moment nicht.«

»Du wirst bestimmt bald jemanden finden«, tröstete sie mich. Ich stellte Billy auf der Treppenstufe ab und machte ein vages Geräusch.

»Du siehst doch gut aus. Viele Jungs mögen rote Haare!«

Ich bevorzugte »kastanienbraun« und nach Oliver hatte ich erst mal die Nase voll von Jungs, aber ich ließ sie reden, ließ ihren unbekümmerten Redeschwall durch das Haus plätschern, während wir die Treppe hinaufstiegen. Vielleicht hatte sie ja recht. Vielleicht würde ich ja Lars noch einmal begegnen.

Jetzt standen wir oben auf dem Treppenabsatz. Das Obergeschoss war noch einmal durch eine Glastür vom Treppenhaus abgetrennt. In der dreckigen Milchglasscheibe war ein Loch und etwas knirschte, als ich die Tür öffnete. Es roch staubig wie alter Dachboden. Die Tapete wellte sich von den Wänden, mehrere Kisten standen herum. In einer lagen alte Schuhe, eine riesige zweite war bis obenhin mit

Papier und Fotos vollgestopft. *Benjamins Box. Don't touch!*, stand darauf.

»Hier stinkt's.« Lauren rümpfte die Nase. »Und hier soll sich jemand rumgetrieben haben? Das glaube ich nicht!«

»Hm«, murmelte ich geistesabwesend. Welches Fenster hatte ich vom Garten aus gesehen? Hier oben waren noch fünf oder sechs weitere Zimmer. Eins war sicher noch ein Bad. Es war so dämmrig im Flur. Gab es hier einen Lichtschalter? Ich fand ihn neben mir an der Wand, aber nichts tat sich, als ich darauf drückte.

Dann sah ich etwas. Eine Tür stand einen Spalt auf. Instinktiv wusste ich, dass dies das Zimmer war, das ich gesehen hatte.

»Lauren!« Ich flüsterte auf einmal.

»Was denn? Guck mal.« Sie hielt kichernd ein kleines Bild hoch, das offenbar aus der Kiste gefallen war. Eine Schwarz-Weiß-Fotografie eines Hochzeitspaares aus den Siebzigerjahren. Er mit meterlangen Koteletten, sie in eine Art wild gemusterten Teppich gehüllt.

Ich streckte abwehrend die Hand aus und näherte mich der Tür. Vorsichtig wie eine Katze schlich ich mich an. Blickte durch den Spalt. Und zuckte zurück, als hätte ich an eine Steckdose gefasst. Da drin stand jemand!

»Lauren!« Meine Stimme war nur noch ein raues Wispern. »Da ist einer!«

Sie ließ das Bild fallen und kam neugierig näher. Ich zeigte nur stumm mit dem Finger auf die Öffnung.

Lauren blieb stehen. »Wer denn?«, flüsterte sie kaum hörbar.

Ich presste die Hand auf den Mund und zuckte unmerklich mit den Schultern. Wollte ich wirklich wissen, wer sich hier auf dem Dachboden versteckte?

Wir sahen uns an. Von da drinnen war kein Laut zu hören. Was machte der Typ da? Beobachtete er uns? Ich brachte es nicht fertig, noch einmal durch den Spalt zu sehen. Lauren machte einen beherzten Schritt nach vorn.

»Nicht!«, formte mein Mund, doch da riss sie schon die Tür mit einem Ruck auf. Ich sah, wie ihre Augen sich weiteten. Dann fing sie laut an zu lachen.

»Wa…?« Ich verstand die Welt nicht mehr. Lauren verschwand in dem Zimmer. Ich folgte ihr, völlig verdutzt, und dann kapierte ich endlich.

Am Fenster stand eine Schneiderpuppe! Eine blöde, nackte, menschengroße Schneiderpuppe aus Holz. Und auf dem Kopf hatte sie einen Hut. Das war alles. Kein Elefantenmensch, kein verrückter alter Untermieter, kein Gespenst und kein Einbrecher. Der Lichtschein, so verstand ich jetzt, war von unten her durch die halb geöffnete Tür gekommen. Mir fiel ein zentnerschwerer Stein vom Herzen. Am liebsten hätte ich Lauren umarmt. Stattdessen fing ich auch an zu lachen. Wir lachten und lachten, bis uns die

Tränen kamen. Dann steigerte sich unser Lachen in eine Art Kreischen.

»Hör auf, hör auf«, schrie Lauren. »Ich mach mir gleich in die Hosen!«

Aber ich konnte nicht aufhören. Ich war einfach so erleichtert. Denn auch wenn ich es nicht zugab: Die Villa jagte mir irgendwie Angst ein. Und alle waren so eigenbrötlerisch. Außer Lauren. Ich war so froh, dass wir uns ein bisschen angefreundet hatten. Sie hatte es geschafft, dass ich mich nicht mehr so ausgeschlossen fühlte.

»Wir können doch mal was zusammen unternehmen«, sagte ich spontan.

»Klar. Ich geb dir unten meine Telefonnummer.«

Mann, war ich froh. Vielleicht hatte ich soeben meine erste Freundin hier gefunden.

Wir kicherten immer noch und setzten der Puppe den Hut verkehrt herum auf. Vom Flur her erklangen plötzlich Schritte. Erschrocken hielten wir inne. Jemand schob seinen Kopf durch den Spalt.

Es war Stefan. Und als wir seinen verängstigten Gesichtsausdruck sahen, fingen wir wieder blökend an zu lachen.

»Mensch, habt ihr mich erschreckt! Was macht ihr denn hier? Und warum gackert ihr so albern rum?«

Wir schnappten nur nach Luft.

Stefan schüttelte den Kopf. Sein Blick glitt zwischen mir und Lauren hin und her. Er fing an zu grinsen und trat auf uns zu.

»Ich dachte, hier oben wären Ratten, dabei sind es zwei verrückte Hühner.« Er fasste uns plötzlich in die Haare und wuschelte sie herum, als wären wir zwei unartige Schulkinder. Verlegen zog ich meinen Kopf weg.

»Ach, Stefan«, jauchzte Lauren und flog ihm in die Arme. »Wir dachten, die Puppe wäre ein Mensch.«

»Wieso steht eigentlich mein Freund Billy ganz alleine da unten auf der Treppe?« Stefan schüttelte sie ab.

»Was macht ihr denn hier?« Claire tauchte auf einmal hinter Stefan auf. »Lasst euch nicht von Julius erwischen. Der flippt aus. Hier oben ist Schwamm in den Wänden.« Die Neugier hatte sie aber offensichtlich trotzdem nicht davon abgehalten, in das schwammverseuchte Obergeschoss zu kommen.

Eine leise Unzufriedenheit machte sich in mir breit. Eigentlich hatte ich Lauren noch von den Sachen auf meinem Bett erzählen wollen. »Benjamins Box« hätte ich mir auch gern näher angesehen, jetzt wo ich wusste, dass es hier nicht spukte. Und warum Julius bei der Polizei bekannt war, hatte ich ebenfalls nicht erfahren. Nun war der perfekte Moment vorbei. Aber ich wollte nicht vor Claire und Stefan damit anfangen. Denn bislang wusste ich nur eins: Lauren konnte ich vertrauen und sie war ganz bestimmt nicht der Typ, der nachts durch den Garten und das Haus schlich. Doch die anderen?

Langsam formt sich aus der Idee ein Plan. Ich halte es kaum noch aus. Fantasieren reicht mir nicht mehr!

Aber der richtige Zeitpunkt will gut gewählt sein.

Eigentlich ist es ja ganz einfach. Alle um mich herum sind so berechenbar. So einfältig. So leicht zu durchschauen. Sie tragen ihre Schwachstellen wie Schilder vor sich her. Das Mädchen ist zum Beispiel so zutraulich.

Eine an Idiotie grenzende Vertrauensseligkeit.

Ich werde sie zu nutzen wissen.

Und an der hässlichen Eidechse werde ich üben.

10. Kapitel

Am nächsten Tag hatte ich frei und schlief fast bis Mittag. Ich hoffte, dass Lauren immer noch da wäre und wir vielleicht etwas gemeinsam unternehmen könnten, aber ich hatte Pech. Lauren musste ihrer Mutter helfen, wie ich von Stefan erfuhr. Als ich aufstand, war er gerade auf dem Weg nach draußen, ein angebissenes Brötchen in der Hand. Seine Haare waren noch feucht vom Duschen und ein bisschen zerstrubbelt. Absichtlich?

»Kommt sie später her?«, fragte ich.

Er zuckte mit den Schultern. »Kann sein. Sie kommt ja fast jeden Tag.«

Täuschte ich mich oder schwang da ein leiser Unwille in seiner Stimme mit? Sonst war er doch mit Abstand der Freundlichste im Haus.

»Zum Aufräumen?«, rutschte es mir heraus.

Seine Augen verengten sich. Er lachte ein bisschen zu laut. »Wie kommst du denn darauf?«

»Entschuldige«, sagte ich sofort. »Sie hat mal so was gesagt. Es sollte wohl ein Witz sein. Oder so.« Ich redete mich immer mehr in Verlegenheit.

»Na ja, wenn sie aufräumen will, werde ich sie nicht aufhalten, oder?« Er klappte das Brötchen auf und zupfte ein Salatblatt heraus. »Da wäre ich ja schön blöd.«

Wir betrachteten beide das welke Blatt, das wie ein grünes UFO auf den Boden segelte.

»Uh, muss los.« Er tippte sich kurz an eine imaginäre Mütze und lief mit eiligen Schritten hinaus.

Sollte ich Lauren anrufen? Ich glättete den Zettel, auf den sie ihre Telefonnummer gekritzelt hatte. Mit einem goldenen Stift, der rosa schrieb und mit ihren eingravierten Initialen verziert war. Ich hatte wirklich Mühe gehabt, meine Gesichtszüge unter Kontrolle zu halten, als sie mir erzählt hatte, dass dies ihr schönstes Weihnachtsgeschenk gewesen war. Ich ließ den Zettel sinken. Eigentlich hatten wir nicht so furchtbar viel gemeinsam. Ich wählte lieber Nadjas Handynummer.

»Ja?«, sie klang gehetzt.

»Mann, Nadja, hier passieren vielleicht seltsame Dinge. Auf meinem Bett lagen …«, setzte ich an, aber sie unterbrach mich sofort.

»Sorry, ist es superwichtig? Ich hab total vergessen, für so eine blöde Reisegruppe die Plätze zu reservieren, und jetzt drehen hier alle gerade ein bisschen durch.«

»Ach so.« Ich versuchte, meine Enttäuschung zu verbergen.

»Meld dich später noch mal, okay? Oder ich ruf dich an, wenn ich Zeit habe. Denk dran, wie ich dich beneide!« Frauengelächter erklang. Offenbar die Reisegruppe. Nadja fluchte leise. Ich verabschiedete mich und legte auf. Draußen im Garten surrten die Insekten und eine fremde Katze huschte bei meinem Anblick davon. »Miez, Miez«, rief eine Frauenstimme von irgendwoher. Eine alte Frau. Die verrückte Weber? Das brachte mich auf meine Vorgängerin und ihre seltsamen Kalendereinträge. Ich ging zum Schrank und betrachtete die Schublade genauer. Stefan hatte es mit roher Gewalt versucht, ich würde mit Logik rangehen. Ich legte mich auf den Bauch. Natürlich klemmte das Ding. Es war falsch eingehängt, etwas, das man behutsam angehen musste. Ich ruckte und schob daran herum, bis es plötzlich nachgab. Die Schublade glitt heraus. Zerknüllte Klamotten, durcheinandergeworfen. Ich zog ein langärmliges T-Shirt heraus. Unten an den Ärmeln war es dreckig. So braun. Ich kniff die Augen zusammen. War das Blut? Ich ließ das Shirt mit leichtem Ekel fallen, griff mir das nächste. Genau dasselbe. Ich wühlte alle Klamotten durch, die meisten Oberteile hatten irgendwelche Flecken am Ärmel. Was war hier passiert? Hatte Jette sich verletzt? *Jedes Mal,* wenn sie was Neues anzog? Nicht sehr wahrscheinlich. Hatte jemand anders ihr wehgetan? Dann waren da noch lose Blätter, vollgeschmiert mit einer Schrift, die ich kaum entziffern konnte. Englisches Zeug. *Crazy bitch … pain … red tears … beautiful … scars … death … salvation …* Ich starrte auf die wirren Sätze, aus denen die Verzweiflung sprach. Stellte mir ein blasses, trauriges Emo-Mädchen vor, das mit blutverschmierten Armen in ihrem dunklen Zimmer hockte. Angst hatte?

Und anschließend fröhlich zu ihrem Austauschsemester nach Schottland aufgebrochen war? Und wieso eigentlich jetzt schon – selbst im kühlen Schottland fanden doch wohl im Hochsommer noch keine Vorlesungen statt?

In der Küche saß Claire, die an einem Kaffee nippte. Ich setzte mich zu ihr.

»Sag mal, diese Jette aus meinem Zimmer, hat die sich geritzt? Ich hab da solche Sachen gefunden.«

Claires Kopf fuhr hoch. »Was?«, fragte sie scharf.

»Ich kann's dir zeigen, an ihren Shirts klebt altes Blut.«

»Nein danke. Und du solltest ehrlich gesagt nicht in ihrem Zeug rumwühlen. Wenn sie aus Schottland zurückkommt, wird ihr das wohl kaum gefallen.«

»Wieso ist sie eigentlich schon dort?«

Claire schwieg.

Ich ließ nicht locker. »Das Studium beginnt doch sicher erst im Herbst?«

Julius kam hereingeschlurft.

»Vielleicht weiß Julius ja, warum Jette jetzt schon in Schottland ist?«, sagte Claire laut. Ihre Stimme klang irgendwie amüsiert.

Julius brummte etwas und griff dann zu meinem Entsetzen ohne hinzusehen nach der Pizzaschachtel.

»Das kannst du nicht mehr …«, weiter kam ich nicht. Claire trat mir unter dem Tisch ans Schienbein und zwinkerte mir verschwörerisch zu. Das Thema Jette war für sie erledigt. Ich schluckte den Rest meines Satzes runter und sah fassungslos zu, wie Julius sich verschlafen die Pizza in den Mund schob, auf der schon Generationen von Fliegen ihre Orgien abgehalten hatten.

»Schmeckt's?«, fragte Claire. Offenbar war Julius gegen Ironie völlig resistent. Und während ich mich innerlich noch schüttelte, fing zwei Zimmer weiter im Bad die Dusche an zu rauschen. Wie auf Kommando sahen sich Claire und Julius an und grinsten.

»Benjamin?«, fragte Julius. Claire nickte. Julius ging ohne ein weiteres Wort zu sagen zum Spülbecken, drehte das heiße Wasser auf und lauschte. Eine Sekunde später ertönte ein wütender Fluch aus dem Bad. Sie lachten.

»Was machst du denn da?« Die hatten hier wirklich alle einen Knall.

»Wenn man in der Küche das heiße Wasser aufdreht, fehlt es im Bad. Ist halt ein altes Haus«, sagte Julius und zuckte belustigt mit den Schultern. Offensichtlich hielt er mich für unglaublich begriffsstutzig. Benjamin brüllte etwas.

»Ja, aber Benjamin ist doch in der Dusche«, sagte ich perplex.

»Er schuldet Miete.« Claire drehte ihren Kopf genüsslich in die Richtung, aus der das Geschrei kam.

»Genau.« Julius grinste. »Keine Miete, kein heißes Wasser. Oder nur heißes Wasser.« Jetzt drehte er plötzlich das kalte Wasser auf und das warme zu. Diesmal brüllte Benjamin noch lauter.

»Hör auf«, sagte ich. Aber sie hörten nicht auf. Sie lachten immer noch, als die Tür aufgerissen wurde und ein feuerroter, dampfender Benjamin vor uns stand, ein Handtuch hastig um den Bauch geschlungen.

»Was soll der Scheiß?«, schimpfte er.

»Tja, diese alten Wasserhähne.« Julius streichelte liebevoll den Warmwasserknauf. »Die haben es in sich.« Claire hielt sich prustend die Hand vor den Mund.

»Hör auf damit.« Benjamin zitterte, ob vor Kälte oder Wut war schwer zu sagen.

»Klar hör ich auf. Wenn du mir die Miete zahlst.« Julius lächelte ihn liebenswürdig an.

Benjamin drehte sich um und knallte die Tür zu.

»Ich nehm auch noch 'ne Collage«, brüllte Julius ihm hinterher.

»Noch 'ne Collage?« Ich runzelte die Stirn. Was ging hier vor?

Claire winkte ab. »Bennys Kunst. Hast du sie noch

nicht gesehen? Hat doch das ganze Zimmer voll. Eins davon hat er Julius geschenkt, anstatt der Miete. Er kann einfach nicht mit Geld umgehen, macht dauernd Schulden.«

Das fiese Teil mit den Armen und Beinen stammte von Benjamin? Etwa auf Julius' speziellen Wunsch hin angefertigt? Oder waren das Benjamins eigene abstruse Fantasien? Ich beobachtete Julius, der sich in aller Ruhe eine Pfeife stopfte. Und noch etwas war komisch. Julius hatte Geld wie Heu, das war eindeutig. Warum sollte er wegen mickrigen zwei- oder dreihundert Euro Miete so ein Theater veranstalten? Es machte keinen Sinn. Es sei denn ... Bei dem Gedanken wurde mir ein bisschen übel. Es sei denn, Julius hatte *Spaß* daran, andere zu quälen.

Ich ließ die beiden sitzen und ging wie betäubt in mein Zimmer. In was für einem Tollhaus war ich hier eigentlich gelandet? Würde man auch bald mit mir irgendwelche makabren Scherze treiben? Jettes Klamotten lugten aus der Schublade heraus und ich schüttelte mich innerlich. Warum hatte Claire so ausweichend reagiert? Ich würde Lauren fragen, wenn ich sie das nächste Mal sah. Irgendwas war faul in diesem Haus. Als hätte jeder irgendein schmutziges kleines Geheimnis. Keiner rückte so richtig mit der Sprache raus. Außer vielleicht Stefan, aber der machte über alles nur Witze. Julius hatte einen totalen Dachschaden, Claire irgendwie auch und Benjamin ... Ich dachte an seine Fotocollagen und an die Box, oben auf dem Dachboden. Jemand verließ das Haus. Ich lauschte.

Waren jetzt alle weg? Es war totenstill. Ich huschte schnell in den Flur, sah mich kurz um und flitzte dann die Treppe hoch. Mittlerweile fand ich es selbst ein bisschen albern, dass mir das Obergeschoss neulich Nacht so eine Angst eingejagt hatte. Ich öffnete die Glastür und ließ sie leicht angelehnt, damit ich hören konnte, wenn jemand die Treppe hochkam.

Wo war die Kiste? Da! Ich kniete mich auf den Boden und griff hinein. Unmengen von Fotos. Und angefangene Collagen, die meisten davon Gesichter, bei denen er irgendwas dazugeklebt oder abgeschnitten hatte. Ziemlich morbides Zeug. War das hier der wahre Benjamin und die kunstvollen Sachen in seinem Zimmer nur Fassade?

Etwas Rotbraunes kam zum Vorschein. Ich fuhr zurück. Das war widerlich, total widerlich. Der Kopf eines Jungen, aus dessen herausgeschnittenen Augenhöhlen lauter Ratten herausquollen. Sollte das rote Geschmiere Blut sein? War das etwa Blut? Ich ließ das Blatt schnell fallen. Und was war das? Da war ein Foto von Benjamin, wie er auf einer Bank saß und glücklich in die Sonne blinzelte, den Arm um jemanden gelegt, der neben ihm saß. Aber die Person war völlig schwarz übermalt worden, nur noch eine schmale Hand war zu sehen, die auf Benjamins Knie lag.

Hate war rot über das Bild gekrakelt. Ich fröstelte unwillkürlich. Zu was war dieser Typ eigentlich fähig? Mit wem wohnte ich hier unter einem Dach? Es knackte plötzlich. Ich fuhr herum.

Durch die kaputte Milchglasscheibe starrte ein Gesicht zu mir herein.

11. Kapitel

Es war Claire. Sie lächelte mich an. »Suchst du was?«, fragte sie freundlich. Ich wusste nicht, was ich sagen sollte. Schließlich war die Situation eindeutig, sie hatte mich doch beobachtet.

»Ich …«, begann ich mit kleinlauter Stimme. »Hab nur mal geguckt«, murmelte ich.

Claire lächelte immer noch und sagte nichts. Ich kam mir vor wie ein kleines Kind, das beim Naschen ertappt worden ist. Die Nachmittagshitze quoll jetzt durch alle Ritzen im Dachboden.

»Ich geh dann mal wieder runter«, sagte ich lahm.

»Gute Idee. Hier oben ist es nicht ungefährlich.« Claire folgte mir, geschmeidig wie eine Katze. Warum hatte ich sie eigentlich nicht gehört?

Ich ging in die Küche, um mir meine Cola zu holen. Aber sie war nicht mehr da. Wütend knallte ich die Kühlschranktür zu.

»Meine Cola ist weg«, sagte ich.

»Hab' dir doch gesagt, dass du deinen Namen draufschreiben sollst.« Claire zuckte nur mit den Schultern.

Ja, das hatte sie. Aber ich hatte geglaubt, das sei eine Übertreibung.

»Ich habe noch Wasser, wenn du was Kaltes willst.« Sie holte eine Flasche aus dem Kühlschrank.

»Danke.« Gierig nahm ich einen Schluck.

In diesem Moment rasselte ein Schlüssel an der Haustür. Noch bevor sie im Haus war, wusste ich, dass es sich um Lauren handelte. Ihr Parfüm kroch wie ein unsichtbarer Nebel vor ihr her.

»Lauren!«, rief Claire. »Wir sind in der Küche!«

Lauren kam hereingeschlendert, die hellblau lackierten Fußnägel in Flip-Flops, die langen Beine in karierten Shorts.

»Stefan will heute einem Kumpel helfen«, sagte sie dann betrübt. »Aber zu Hause halte ich es nicht aus. Meine Mutter geht mir so was von auf die Nerven.«

»Willkommen im Club der Genervten«, murmelte Claire. Ich zuckte zusammen. Meinte sie etwa mich damit?

Lauren wollte etwas aus ihrer Tasche nehmen und in den Kühlschrank stellen, aber Claire kam ihr zuvor.

»Was hast du denn da Feines?«

»Wein für später. Wenn Stefan zurückkommt.«

»Quatsch, den trinken wir jetzt!«, meinte Claire.

»Ich weiß nicht.« Lauren guckte ein bisschen betreten.

»Natürlich. Ich kaufe dir nachher eine neue Flasche an der Tankstelle. Hey, Girl's Night! Was sagt ihr dazu?«

Was ich dazu sagte? So hatte ich Claire noch gar

nicht erlebt. Es war zwar noch ein bisschen früh am Nachmittag, aber ich fand, das war das Vernünftigste, was sie seit meinem Einzug gesagt hatte. Und offenbar waren es auch nicht wir, die ihr auf die Nerven gingen.

»Ich weiß nicht«, jammerte Lauren erneut. »Ich wollte eigentlich nur auf Stefan warten.«

»Das kannst du doch auch mit uns. Wer weiß, wann der kommt.« Ich stupste sie an. Endlich tat sich hier mal was.

»Genau. Los, wir gehen in mein Zimmer«, sagte Claire. »Da müssen wir nicht jede Sekunde mit Julius rechnen. Und in dieser trostlosen Küche kriegt man ja Depressionen.«

»Oder Selbstmordgedanken.« Jetzt lachte Lauren endlich.

Ich kicherte. »Todesursache: geschmacklose Tapete!«

Ich lief schnell zu meinem Zimmer, zog mir noch halb in der Tür das Shirt über den Kopf und ratschte den Reißverschluss meiner Jeans auf. Schmiss die Klamotten auf den Boden. Sah kurz in den Spiegel, dann zu meinem ungemachten Bett. Zu meinen Sandalen, die verdreht davor lagen – genau so, wie ich sie gestern Nacht von den Füßen gekickt hatte. Bis auf etwas Weißes. Eine Socke?

Nur, dass ich gestern keine Socken angehabt hatte. Und dass ich definitiv nie in meinem Leben weiße Socken in Sandalen anziehen würde.

Schlagartig blieb ich stehen. Was war das? Hatte das heute Mittag schon dort gelegen? War ich nur zu tranig gewesen, es wahrzunehmen? Ich griff mit spitzen Fingern danach. Und hob einen zusammengefalteten Zettel hoch. Ich öffnete ihn. Mitten auf dem ansonsten leeren Blatt standen drei gedruckte Zeilen:

Mein Arm streift deinen
Lautlos lass ich dich ahnen
Was du längst schon weißt

Ich starrte auf die Schrift, bis meine Augen brannten. Dann packte mich die Wut. Wer schlich hier dauernd in mein Zimmer? Was sollte diese Geheimniskrämerei? Und wieso konnte ich mein Zimmer eigentlich nicht abschließen? *Streifende Arme* und *lautlose Ahnungen?* War das ein Liebesgedicht? War es überhaupt ein Gedicht?

»Nina!«, hörte ich eine Stimme rufen. Claire. Eine Tür klappte. Hastig knüllte ich den Zettel zusammen und schmiss ihn auf meinen Schreibtisch. Dann schickte ich Nadja eine SMS. *Ruf mich an! Dringend!* Ich zog mir Caprihosen und ein Top an und band mir mit einem Tuch die Haare zurück. Ich würde mich jetzt zu meiner Girl's Night begeben und nicht mehr darüber nachdenken, wer mir hier wirre Liebesgedichte ans Bett legte. Wenn es denn eins war. Oder, und bei diesem Gedanken stockte mir kurz der Atem, hatte der Zettel etwas ganz anderes zu bedeuten? Ich dachte an die blutrote Blume, die Schokolade, die ich immer noch nicht angerührt hatte. An die grusligen Collagen oben auf dem Boden.

Lautlos lass ich dich ahnen, was du längst schon weißt …

Ich sah zu dem Papierknäuel hinüber, das sich wie mir zum Hohn wieder leicht entfaltete. Der Text konnte genauso gut eine Drohung sein.

12. Kapitel

Claire und Lauren johlten vor Lachen, als ich dazukam. Sie hatten die Flasche schon geöffnet und tranken aus vornehmen bauchigen Gläsern, von denen ich sicher war, dass sie Claire gehörten. Lauren hielt ein Foto in der Hand, wahrscheinlich der Quell ihrer Belustigung. Undeutlich konnte ich Stefan ausmachen – mit mädchenhaft langen Haaren.

Sollte ich einfach den Zettel holen, damit wir uns zu dritt darüber lustig machen konnten? Unschlüssig blieb ich stehen.

»Wusstest du, dass Stefan mal so aussah?«, kreischte Lauren.

»Nein.« Woher auch?

»Oh Mann, ich schmeiß mich weg. Diese Löckchen!« Lauren konnte sich gar nicht mehr beruhigen. »Fehlt nur noch ein Haarreifen!« Sie griff nach dem Foto. »Das musst du mir geben, Claire.«

»Nein, nein, das brauche ich noch«, sagte Claire schnell. »Für mein Album. Da musst du schon Stefan selbst nach einem fragen.«

Ich fand es ein bisschen seltsam, dass Lauren nichts von Stefans ehemaligem Hippie-Look wusste.

Aber es ging mich nichts an. Und es war kein guter Zeitpunkt, von dem Gedicht anzufangen.

»Süßes Top.« Claire nickte mir zu und reichte mir ein Glas.

»Danke. Ist neu.« Und ich habe mein halbes Vermögen dafür ausgegeben, setzte ich in Gedanken hinzu. Eins meiner teuersten Kleidungsstücke überhaupt, extra für meinen Großstadtaufenthalt angeschafft.

»Ich weiß, wo wir nachher hingehen können.« Claire stellte ihr Glas ab und kramte in ihrer Kosmetiktasche.

»Wohin denn? Ich dachte, wir bleiben hier?« Ich nippte nur leicht. Der Wein war lauwarm und hätte doch gekühlt werden sollen. Ich setzte das Glas vorsichtig auf dem Boden ab. Bloß nicht wieder was verkippen. Bei den Dingen, die ihr wertvoll und wichtig waren, konnte Claire echt eklig werden. Sie saß mit einer Wimpernspirale in der Hand vor ihrem großen Spiegel, in dem ich uns alle betrachten konnte. Wir sahen aus wie die gängige Version von drei total unterschiedlichen superbesten Freundinnen: die kurzhaarige, leicht punkige Claire mit schrägen Katzenaugen; die engelslockige blonde Lauren mit ihrem ewig erstaunten Blick, die wie ein kleines Kunstwerk bemalt und geschmückt war, und schließlich ich selbst: mit meinen kastanienbraunen schweren Haaren, die ich bei dieser Hitze fast nur hochgesteckt ertragen konnte, meiner blassen, aber makellosen Haut, um die mich Nadja ebenfalls beneidete, und meinen winzigen Sommersprossen, die Oliver vor einem halben Jahrhundert niedlich gefunden hatte. Aber beste Freundinnen waren wir nicht.

Doch vielleicht konnte es ja noch was werden? Claire hatte den Mund jetzt leicht geöffnet.

»Warum muss man eigentlich immer den Mund aufmachen, wenn man sich die Wimpern anmalt?«, platzte Lauren unvermittelt heraus. Diesmal stimmte ich in das wiehernde Gelächter mit ein.

Als wir uns endlich beruhigt hatten, zückte Claire ihren Lippenstift und sagte: »Ins *Irish Pub*. Da spielt heute eine Bekannte von mir mit ihrer Band. Irische Folkmusik, ihr wisst schon.« Sie deutete eine fiedelnde Geige an. Mit kühnem Schwung vollendete sie ihre Lippen und spitzte sie zum Kussmund.

»Tolle Farbe«, bemerkte Lauren. Es klopfte.

»Ja?«, sagte Claire.

Lauren jauchzte, noch bevor ich etwas sehen konnte. Es war Stefan in seiner Pflegeruniform.

»Na, was macht ihr verrückten Hühner schon wieder?«

»Stefan! Wir gehen ins *Irish Pub*«, krähte Lauren.

»Klasse Idee. Ich zieh mich nur schnell um.« Er gab ihr einen Klaps auf den Hintern und zwinkerte mir zu.

Ich schloss ergeben die Augen. Adieu, Girl's Night.

Vor dem *Irish Pub* saßen bereits Massen von Leuten im Biergarten, sodass wir gezwungen waren, uns drinnen einen Platz zu suchen. Außer Stefan hatte sich uns noch Julius angeschlossen. Offenbar hatte ihm die Gammelpizza nicht geschadet. Ganz im Gegenteil, er schien bester Laune zu sein. Er wollte unbedingt am nächsten Tag eine Party machen. Pausenlos telefonierte er, um Leute einzuladen. Ich fragte mich, ob er seine Apfelgriebssammlung vorher verstecken würde. Benjamin war nicht mitgekommen. Angeblich hatte er keine Lust. Vielleicht wollte er auch nur weitere blutige Collagen basteln?

Überall im Pub hingen Bierposter, Musikinstrumente und keltischer Schnickschnack herum. Wahrscheinlich um auch dem Dümmsten zu signalisieren, dass er nicht in einer russischen Teestube gelandet war. Die Luft war zum Schneiden dick, immer mehr Leute quollen herein. Claire begrüßte ein Mädchen im langen Fransenkleid, das seine Violine auspackte. Ein Typ mit Hut spielte probeweise eine kurze Melodie auf einer kleinen Flöte und plötzlich ging es los.

Ich ließ mich eine Weile lang von der Musik mitreißen und fühlte mich fast entspannt an diesem schönen Sommerabend. Hey, wir verbrachten alle miteinander einen Abend im Pub, morgen sollte sogar eine Party stattfinden. Vielleicht wurde es ja doch noch was mit dieser WG?

»Nun lass mich doch mal in Ruhe mit deinen dummen Fragen!« Stefans Stimme riss mich aus meinen Gedanken. Er stand gerade genervt auf. Lauren saß da wie ein geprügelter Hund und guckte ihm traurig hinterher. Was war denn nun schon wieder? Claire grinste. Irgendwie hatte sie genau wie Julius ein gewisses Vergnügen am Leid anderer Leute. Und sofort musste ich wieder an die seltsamen Dinge in meinem Zimmer denken. Ich versuchte mich abzulenken und ging zur Bar. Dort ging es nur schleppend vorwärts. Der Barmann trug trotz der Hitze eine grüne Wollmütze und schlenkerte die Gläser im Takt der immer wilder werdenden Musik. Ich musste meine Bestellung dreimal in seine Richtung brüllen, ehe er mich verstand. Als ich endlich die herrlich eiskalt beschlagenen Gläser in den Händen hielt und wieder unseren Tisch ansteuerte, sah ich nur Lauren, die mit langem Gesicht dasaß.

»Wo sind die denn alle?«, fragte ich und stellte die Drinks ab.

»Claire ist verschwunden. Stefan holt Zigaretten und Julius spielt James Bond.« Sie nickte in Richtung Bar und tatsächlich – da stand Julius, einen Drink in der Hand, in dem eine Olive schwamm. Vor ihm stand ein Mädchen und lachte so sehr, dass ihr Drink überschwappte.

»Oh«, sagte ich verblüfft. Ich konnte mir beim besten Willen nicht vorstellen, welche Bemerkung von Julius solche Lachkrämpfe verursachen könnte.

Claire war tatsächlich nirgends zu sehen. Da fiel

mir etwas ein. Ich setzte mich neben Lauren. »Sag mal«, begann ich. »Hast du eigentlich diese Jette gut gekannt, die in meinem Zimmer gewohnt hat?«

Lauren blinzelte erschrocken. »Na ja«, murmelte sie. »Nicht so richtig.«

»War die irgendwie ein bisschen verrückt? Mit Ritzen und so? Ich hab da solches Zeug gefunden.«

»Weiß nicht. Die ist in Schottland«, kam es sofort zurück.

»Wirklich? Sie hatte noch Termine im August.«

»Sie ist in Schottland«, wiederholte Lauren, nun mit einem Schuss Verzweiflung in der Stimme.

»Lauren, das kannst du mir doch nicht weismachen. Warum erzählt mir keiner, was los ist? Dass ein Mädchen lauter blutverschmierte Sachen hat, ist ja wohl nicht normal! Das ist ... das ist ...« Ich stockte. *Unheimlich,* flüsterte eine kleine Stimme in meinem Kopf.

Lauren murmelte etwas.

»Was?«

»Da muss ich erst mit Stefan reden! Ich weiß nicht, ob ich das erzählen darf!«

Mir verschlug es glatt die Sprache.

»Du musst Stefan *fragen,* ob du mir das erzählen darfst?«

»Ja«, sagte sie trotzig.

Mann, Mann, Mann. Wie konnte man sich nur von einem Jungen so abhängig machen? Doch da fiel mir siedend heiß ein, wie ich abends im Dunkeln mit dem Fernrohr an meinem Fenster gesessen hatte, um eifersüchtig Mias Hauseingang weiter vorn in der Straße zu beobachten. Nicht gerade etwas, worauf ich stolz war.

»Na, dann frag mal. Ich muss mal kurz, sorry«, entschuldigte ich mich halbherzig und ging aufs Klo, vorbei an bunt beklebten Wänden und begeistert klatschenden Leuten. Es herrschte ein Gedränge wie auf der japanischen Börse. Im Toilettenvorraum hingegen war es angenehm still. Ich betrachtete mich kurz im Spiegel. Zupfte mein Tuch zurecht. Stimmen kamen näher und ich huschte schnell in eine der Toiletten.

»... dich hier zu treffen«, hörte ich jemanden sagen. »Dachte, du bist schon längst auf und davon. Ich kann gar nicht glauben, dass du immer noch da wohnst.«

»So ein Zimmer bekomme ich nirgendwo sonst«, antwortete ein Mädchen. Claire!

»Trotzdem. Der Typ ist doch wie eine tickende Zeitbombe. Da weißt du nie, wann der wieder hochgeht.«

»Er hat eine Therapie gemacht und sie haben ihn entlassen. Da muss er doch kuriert sein.«

Ich stand reglos da, die Hände in die Hosenbeine gekrallt, die Luft angehalten. Von wem redeten die beiden?

»Wer's glaubt, wird selig«, entgegnete das fremde Mädchen. »Einmal ein Junkie, immer ein Junkie. Oder willst du enden wie der alte Mann, den er umgebracht hat?«

»Der ist doch nicht gestorben. Und Tablettensucht ist nicht wie Drogensucht.« Das war wieder Claire. Tablettensucht? *Umgebracht?*

»Na ja, geht mich auch nichts an. Solange du bei deinem Julius glücklich bist ...«

»Er ist nicht mein Julius!« Claires Stimme klang plötzlich scharf.

»So hab ich es auch gar nicht gemeint. Ist ja schön, wenn du hier was gefunden hast.«

Papier raschelte, jemand zog die Spülung. Ich bewegte mich nicht. Claire sollte auf keinen Fall erfahren, dass ich hier lauschte.

»Wie ist Weimar?«, hörte ich sie fragen.

»Super! Natürlich wahnsinnig anstrengend, aber das habe ich auch nicht anders erwartet. Ist schon eine Art Eliteschule.«

»Hmm«, machte Claire. In diesem Moment spürte ich, dass die beiden sich nicht leiden konnten. War in Weimar nicht die Hochschule, die Claire abgelehnt hatte?

Das Rauschen des Wasserhahns hörte auf.

»Na dann, man sieht sich.« Mit einem Türquietschen verschwand die unsichtbare Gesprächspartnerin. Von Claire war kein Laut zu hören. Ich wagte nicht zu atmen, meine Lunge war kurz vorm Platzen. Endlich ein schlurfender Schritt. Dann Claires Stimme, vor Wut ganz gepresst: »Blöde Kuh!«

Nach schier endloser Zeit ging sie auch. Ich verließ fluchtartig die Toilette und spritzte mir am Waschbecken kaltes Wasser ins Gesicht. Julius hatte was gemacht? Eine Therapie wegen Tablettensucht? Ich hatte gar keine richtige Vorstellung davon, was das war. Ich ekelte mich schon, wenn ich ein auflösbares Aspirin trinken musste. Und was hatte das Mädchen noch gesagt? *Willst du enden wie der alte Mann, den er umgebracht hat?*

Völlig kopflos taumelte ich nach draußen. Hinter meinen Schläfen pochte es unangenehm. Eine Hand legte sich so plötzlich von hinten auf meine Schulter, dass ich zusammenzuckte. Hatte Claire mich doch gesehen?

Langsam drehte ich mich um.

13. Kapitel

Vor mir stand ein Junge. Lars aus der Kanzlei.

»Was machst du denn hier?«, fragte ich ihn verblüfft und ärgerte mich sogleich über meine bescheuerte Frage.

»Na, Bier trinken!« Er lachte. »Machst du was anderes?«

Ich grinste zurück. Erleichtert. Er hatte ja keine Ahnung, wie froh ich war, ihn zu sehen. »Wie geht's deiner Oma?« In diesem Moment klingelte mein Handy. Nadja rief zurück. Was für ein ungünstiger Zeitpunkt.

»Ich ruf dich später an«, sagte ich schnell, noch bevor sie was fragen konnte.

»Okay.« Sie klang leicht vergnatzt. »Dachte, es war dringend. Jetzt hab ich gerade mal Zeit.«

»Sorry! Ich versprech's dir!« Ich legte auf.

Lars sah mir interessiert zu. »Meiner Oma geht's ganz gut. Sie hofft natürlich, dass sie den Prozess gewinnt. Sie ist 'ne Kämpfernatur.« Er hob sein leeres Glas hoch. »Willst du noch was zu trinken?«

»Nein danke, ich hab schon was, an unserem Tisch da hinten.« Ich deutete zu unserem Ecktisch. »Was ist denn eigentlich mit deiner Oma passiert?«

Er erzählte mir kurz von dem Streit mit einem Motorradfahrer, in den seine Oma verwickelt war, dann kamen wir auf alle möglichen Sachen zu sprechen. Er war Student und würde bald wegfahren und in einem Ferienlager als Rettungsschwimmer arbeiten. Das gab mir einen kleinen Stich.

»Ich hol mal mein Glas«, murmelte ich und arbeitete mich zu unserem Tisch vor.

»Dein Freund?«, fragte Stefan sofort.

»Nein, nur ein Bekannter.«

»Ach, wirklich?« Stefan grinste anzüglich. Was ging ihn das eigentlich an?

»Lass sie doch. Nina kann doch reden, mit wem sie will«, mischte Claire sich ein. Ich zwang mich zu einem sorglosen Gesichtsausdruck, obwohl ich bei ihrem Anblick sofort wieder an das Gespräch in der Toilette denken musste. *Willst du enden wie der alte Mann, den er umgebracht hat?*

»Wir sind nur Freunde«, sagte ich leichthin, dabei waren wir ja noch nicht mal das. Leider.

»Er kann sich doch mit hersetzen«, meinte Claire.

»Hier ist aber kein Platz mehr«, sagte Stefan wie ein aufgeplusterter Gockel.

»Natürlich ist hier Platz«, antwortete Claire gereizt. »Julius ist sowieso verschwunden.«

»Und ich kann auf deinem Schoß sitzen«, bot Lauren an.

Stefan antwortete nicht und ich holte Lars an unseren Tisch. Nun erst recht.

Auf dem Nachhauseweg machte Claire in einem fort die Band nieder, während wir im Dunkeln durch die Straßen liefen. Mehrmals setzte ich an, um sie nach Julius zu fragen, jedes Mal ließ ich es wieder bleiben. Denn ich hätte unweigerlich zugeben müssen, dass ich mich wie eine Spionin im Klo versteckt und sie belauscht hatte. Julius wankte ein ganzes Stück hinter uns durch die laue Sommernacht, vorbei an gusseisernen Gartenzäunen und alten Bäumen. Er war schon ziemlich blau. Im Pub hatte er Lars kumpelhaft die Hand auf den Rücken gehauen und ihn ebenfalls zur »Jahrhundertparty« eingeladen. Nun hatte ich zwar absolut nichts dagegen, aber ich hätte Lars gern selbst gefragt. Oder hätte ich mich das gar nicht getraut? Auf jeden Fall wollte er morgen kommen und das machte mich froh, weil ich das Gefühl hatte, dass mir jeder Beistand auf der Party guttun würde.

Als wir nur noch wenige Meter von unserer Villa entfernt waren, gab es auf einmal einen dumpfen Knall. Stefan und Lauren, die vor uns liefen, zuckten zusammen.

»Ach du Scheiße«, sagte Claire.

»Was zum Teufel …«

»Da!«, unterbrach Claire Stefan. Sie zeigte auf etwas. Erschrocken presste sie eine Hand auf ihren Mund.

»Was denn?« Ich konnte nichts erkennen. Wollte ich überhaupt wissen, was da war? Mein Bauchgefühl sagte mir nichts Gutes.

»Ach, der arme Kleine!«, rief plötzlich Lauren. *Der arme Kleine?*

Dann sah ich es. Und wusste nicht, ob ich laut lachen oder aufschreien sollte.

Der augenlose Engel über der Haustür war heruntergebrochen und lag nun als Trümmerhaufen vor dem sparsam beleuchteten Hauseingang. Man konnte nur noch ein fettes kleines Bein erkennen, das grotesk in die Höhe ragte.

»Wie ist das denn passiert?«, fragte Claire. Die Tür ging auf. Benjamins Kopf schob sich vorsichtig hinaus. Er sah erst zu uns, dann nach unten und dann nach oben.

»Wart ihr das?«, fragte er verblüfft.

»Natürlich nicht! Bist du verrückt? Wir sind gerade gekommen. Der hätte uns erschlagen können!« Claire hatte sich wieder gefangen und trat zornig in den Steinhaufen hinein. Sie hatte recht. Eine Minute eher zu Hause und das schreckliche Ding wäre einem von uns auf den Kopf gefallen.

Lauren hatte sich hingekniet und stocherte vorsichtig in den Steinen, als ob sie bei einer archäologischen Ausgrabung half.

»Was machst du denn?«, herrschte Claire sie an.

»Ich …« Lauren stand verwirrt wieder auf und suchte Trost in Stefans Armen. Diesmal ließ er sie. Julius betrachtete erstaunt den Steinhaufen.

»Ist doch nichts passiert«, bemerkte Stefan.

»Hätte aber!«, schnappte Claire.

»War der Engel vielleicht schon angebrochen oder …«, setzte ich an, da fiel Julius mir ins Wort.

»Jetzt fang du nicht auch noch an! Bin ich Bob der Baumeister, oder was? Was kann ich dafür, wenn das blöde Teil runterfliegt?« Er verlor die Balance und hielt sich an mir fest. Plötzlich fing er an zu kichern. »Ich konnte den hässlichen Knaben sowieso noch nie leiden.« Ein gurgelndes Geräusch kam aus seiner Kehle, als habe er sich verschluckt, und daraufhin lachte er noch mehr. Stefan fiel mit etwas Verspätung ein, selbst Claire schien sich zu entspannen.

Benjamin hatte unterdessen eine Taschenlampe geholt. Er ging ein Stück zurück, richtete den Lichtkegel nach oben und reckte den Kopf nach hinten, um zu der Bruchstelle hochzusehen. »Das sieht nicht aus wie abgebröckelt«, sagte er.

»Wie meinst du das?«, fragte ich.

»Wenn es abgebröckelt wäre, würde man doch einen Haufen Schutt sehen. Da oben ist aber eine glatte Schnittstelle. Wie … wie …« Er suchte nach Worten. »Wie abgehackt.«

Julius lachte laut und scheppernd auf. »Du meinst, da ist einer mit der Spitzhacke hochgeklettert und hat den guten Kerl abgehackt? Come on!«

»Ich meine ja nur«, sagte Benjamin, sichtlich verlegen. Die anderen kicherten, außer Lauren, die bereits ins Haus gerannt war. Wortlos schob ich mich an allen vorbei und floh in mein Zimmer.

Ich schmiss mich auf mein Bett, nachdem ich mich

kurz vergewissert hatte, dass dort nichts lag. Und hasste mich sogleich dafür, dass ich mich so verrückt machte. Aber ich konnte nicht anders – ich fühlte mich hier so unwohl wie noch nie zuvor in meinem Leben. Ich starrte hoch zu der mickrigen Lampe, um die ein verwirrter Falter in Todesangst flatterte. Was passierte in diesem Haus? Was war in diesem Zimmer passiert? Jette und ihre Angst ... Ihr Blut ... Und dieses ewige Schweigen der anderen. Ich sprang wieder auf und riss die Terrassentüren auf. Er war noch da. Der Steinteufel war noch da. Geradezu unerschütterlich hockte er über meiner Tür und grinste diabolisch in den Garten hinaus. Was hatte ich denn erwartet? Dass beide Steinfiguren zeitgleich herunterfallen würden? Es war doch nur altersschwaches Gestein, kein Grund zum Gruseln! Oder hatte Benjamin recht? Hatte jemand an dem Engel herumgefeilt? Das war doch total absurd.

Mein Handy klingelte. Meine Mutter, die gerne gegen 22 Uhr ihren Kontrollanruf machte.

»Hallo, Mam«, sagte ich und versuchte, wieder ruhig zu atmen.

»Was ist denn mit dir?«, fragte sie argwöhnisch. Sie besaß eine Art siebten Sinn, ein Radargespür. »Bist du erkältet? Du klingst so heiser. Ist irgendwas?«

Einen Moment lang wäre ich fast der Versuchung erlegen. Ein Wort von mir und meine besorgten Eltern hätten innerhalb von zwei Stunden vor der Tür gestanden, um mich höchstpersönlich aus diesem baufälligen und geradezu kriminellen Milieu abzuholen. Womit ich allen Beteiligten den Beweis erbracht hätte, dass ich eben doch noch nicht auf eigenen Füßen stehen konnte. Ich holte tief Luft. Das konnte ich auf keinen Fall zulassen.

»Nichts ist.« Ich konnte die anderen draußen streiten hören.

»Was ist denn das für ein Krach? Macht ihr eine Party? Weiß das euer Vermieter?«

»Unser Vermieter?« Beinahe hätte ich gelacht. Dann riss ich mich zusammen. »Wir feiern nur ein bisschen. Der Vermieter ist auch dabei.« Das war nicht mal völlig gelogen, wenn auch einen Tag zu früh. »Eben ist ihm was zu Bruch gegangen. So ein kleiner Porzellanengel.« Das Lügen ging ganz leicht, wenn man erst mal in Schwung kam.

»Hoffentlich nichts Wertvolles?« Meine Mutter klang schon etwas beruhigter.

»Nein, nur Kitsch.« Auch nicht gelogen.

»Ach, übrigens«, sagte sie plötzlich etwas zusammenhanglos. »Warum ich eigentlich anrufe: Papa und ich haben uns jetzt endlich entschieden und wollen morgen ins Elsass fahren. Dein Vater wollte ja wieder nach Bayern, aber ich hab ihn überredet. Ich habe schon den ganzen Abend lang versucht, dich zu erreichen. Dein Bruder ist ja im Sommerlager und du in Leipzig und da dachten wir, wir nutzen die Gunst der Stunde. War ein super Angebot.«

»Toll«, sagte ich. Jetzt war ich doppelt froh, ihr

nichts erzählt zu haben. Unter Umständen hätten sie meinetwegen noch ihren Urlaub sausen lassen. Ich hörte nur mit halbem Ohr zu, wie meine Mutter mir das Hotel aus dem Prospekt beschrieb und aufzählte, welche Sehenswürdigkeiten sie sich anschauen wollten. Der Lärm hatte aufgehört und einer beängstigenden Stille Platz gemacht. Hatten die anderen den Steinhaufen weggeräumt? Würde noch mehr in diesem Haus einstürzen?

»... melden wir uns noch mal, wenn wir angekommen sind, nicht wahr?« Nach einer halben Ewigkeit war sie endlich fertig.

»Alles klar. Tschüss dann!« Ich klappte mein Handy zu. Vorsichtig schlich ich hinaus. Aus der Küche erklang ein seltsamer Ton, eine Art hohes Fiepen, wie bei einem kleinen Tier. Dann hörte ich es deutlicher. Weinte da jemand?

Verlegen näherte ich mich dem Geräusch. Was ich tun wollte, wusste ich selbst nicht so genau. Vorsichtig lugte ich durch einen Spalt in der Tür in die nächtliche Küche hinein. Und fuhr erschrocken zurück.

Die Szene vor mir war unmissverständlich. Lauren saß schluchzend auf Benjamins Schoss, ihre Arme um seinen Hals geschmiegt, lediglich mit einem Maxi-T-Shirt bekleidet. Ihre Haare feucht unter einem Handtuchturban, seine Hand auf ihrem nackten Bein.

»Ach, Benny«, flüsterte sie gerade. Lauren und Benjamin? Ich war völlig perplex. Wo war Stefan? Hatten die beiden keine Angst … erwischt zu werden? Ich schüttelte mich leicht. Wünschte, ich könnte mir die Szene aus dem Kopf löschen. Das hier ging mich nichts an. Was immer es war. Nun – was es war, konnte man unschwer erahnen, aber es ging mich trotzdem nichts an. Laurens Schluchzen ging mich nichts an. Wenn es überhaupt ein Schluchzen war … Die beiden hatten mich nicht bemerkt, Gott sei Dank.

Ich schlich zurück in mein Zimmer und griff nach meinem Handy. Nadja war hoffentlich nicht mehr eingeschnappt. Dann blieb mein Blick an Billys Terrarium hängen. Es war leer.

»Billy?«, sagte ich verdutzt. Wie war er rausgekommen? Ich beugte mich über den Glaskasten. Da war ein trockener Zweig, der halb an der Wand lehnte. Ich konnte mich nicht erinnern, das Ding da reingelegt zu haben. War Billy darauf hinausgeklettert? Ich kniete mich hin und kroch auf dem Boden herum. »Billy!«, rief ich wieder, dabei war ich mir ziemlich sicher, dass er keine Ahnung von seinem Namen hatte. Er war nirgends zu sehen. Ein kleiner Luftzug streifte mich. Die verdammte Gartentür war wieder aufgegangen! Jetzt spürte ich doch einen kleinen Anflug von Panik. Wie sollte ich so ein kleines Tier im Dunkeln da draußen finden? Ich trat raus auf die Terrasse. Die Lampe in meinem Zimmer warf einen schwachen Lichtkegel in den Garten hinaus. Ich lief ein paar Schritte nach links, dann nach rechts, die Augen fest auf den Boden geheftet. Nichts. Es war zu dunkel. Ganz am Rand des Lichtkegels konnte ich nur den Ameisenhaufen erkennen, dem ich mich vorsichtshalber nie näherte. Ich blinzelte. Was war das denn? Ein seltsamer dunkler Klumpen hob sich darin ab. Mein Herz fing wie verrückt an zu klopfen. Ich näherte mich dem Klumpen. Was zum ... Entsetzt riss ich die Hand vor den Mund. Tränen schossen mir in die Augen. Es war Billy! Er hatte eine klaffende Wunde und war über und über mit großen schwarzen Ameisen bedeckt, die auf ihm herumkrabbelten und sich in sein Fleisch wühlten. Hatte sein Bein eben noch gezuckt? Saurer Mageninhalt quoll plötzlich in meinen Mund und ich kotzte irisches Bier und Pommes direkt neben die furchtbare Szene. »Billy!«, schluchzte ich, nach vorn gebeugt, die Hände auf dem Bauch verkrampft. »Billy!«

Ich konnte ihm nicht mehr helfen.

Da wäre mir doch beinahe das Schicksal zuvorgekommen. Der Engel hätte mein Problem wie von selbst lösen können. Jetzt kann ich an nichts anderes mehr denken.

Nur noch an das erschrockene Gesicht des Mädchens. Und daran, wie leicht es ist, jemanden zu töten. So leicht. Den schrumpeligen Lurch zum Beispiel. Wie sich die Ameisen darauf gestürzt haben!

Der richtige Zeitpunkt ist da. Ich habe alles, was ich brauche. Party Time.

Ich muss nur noch für die richtigen Umstände sorgen.

Ein Kinderspiel.

14. Kapitel

Ich hatte nachts noch versucht, Nadja zu erreichen, aber die ging nicht ran. War wohl doch sauer. Aus dem Haus wollte ich niemanden sehen, für die war Billy nur ein dämliches Vieh. Und außerdem ... Ich wollte nicht darüber nachdenken, aber dieser Zweig ... Und wie war Billy überhaupt in den Ameisenhaufen gekommen? Reingekrabbelt? Von jemandem *hineingelegt* worden? Nein, das konnte ich einfach nicht glauben.

Benjamin war nicht mit uns im Pub gewesen. Doch warum sollte er so etwas Schreckliches tun? Die Szene mit Lauren in der Küche ...

Waren Geckos einfach extrem kurzsichtig und rannten blind in ihren Tod?

Schließlich hatte ich mich in den Schlaf geschluchzt und geträumt, dass mir der Steinengel auf den Kopf fiel.

Mit pochenden Kopfschmerzen wachte ich am nächsten Tag auf. Heute sollte die Party sein. Mein Gesicht würde so fleckig und verquollen aussehen, dass Lars wahrscheinlich sofort die Flucht ergreifen würde. Toll.

Ich schleppte mich in die Küche, wo eine fremde Frau gerade zwei Bleche Kuchen abstellte.

»Hallo«, rief sie fröhlich. »Ich bring euch den Bienenstich!«

»Was?«, fragte ich perplex.

»Für eure Party! Ich bin Benjamins Mutter.« Sie ließ sich auf genau denselben Stuhl fallen, auf dem ihr Sohn letzte Nacht Lauren umarmt hatte.

»Ach so. Hallo. Danke«, stammelte ich.

»Na, langen Sie nur zu! Der kann auch jetzt schon angeschnitten werden.« Sie sah so freundlich und mütterlich aus, dass mir der nächste Satz wie von selbst aus dem Mund rutschte.

»Mein Gecko ist letzte Nacht gestorben.«

»Ach!« Sie sah mich mitleidig an. »Das ist ja traurig! Ich weiß noch, wie der Benny sein Meerschweinchen verloren hat. Was hat er da geweint!«

»Der Benny« kam in die Küche und warf seiner Mutter einen peinlich berührten Blick zu. »Mama, danke für den Kuchen, aber du musst echt nicht alles ausplappern.«

»Aber ihr Gecko ist doch gestorben!«

Benjamin drehte sich interessiert um. »Echt jetzt? Ich dachte, die werden steinalt?«

»Er ist …« Ich holte tief Luft. »Es war ein Unfall.« Oder? Fragte Benjamin absichtlich so was?

Benjamins Mutter stand wieder auf und nahm ihren Autoschlüssel. »Machen Sie ihm ein schönes Grab. Das hat bei Benny auch geholfen.«

»Mama!«

Ich schwieg. Was sollte ich auch sagen? Ich dachte an Billys Überreste, die ich mit einem Stock aus dem Ameisenhaufen gestoßen hatte.

Da gibt's nicht mehr viel zu begraben.

»Das alles hier und dann noch Baguette und Käse. Ach, und Schinken auch noch«, hatte Stefan gesagt. Er hatte mir mit nervtötender Langsamkeit einen Einkaufszettel geschrieben – noch dazu mit einem altmodischen Füller, der in unserer Küche aufgetaucht war. Ein Werbegeschenk von irgendwoher, das wie verrückt kleckste, aber wahrscheinlich fühlte sich Stefan damit wie ein exzentrischer Star oder ein Diplomat. Ich hatte mich freiwillig zum Einkaufen gemeldet, froh darüber, aus der Villa wegzukommen. Ich musste mich ablenken. Das mit Billy war schrecklich, aber nicht zu ändern. Vielleicht war es ja doch meine Schuld gewesen? Wahrscheinlich waren Goldfische die einzigen Tiere, die bei mir überleben würden.

Die Party war schließlich *die* Gelegenheit, alle mal ein bisschen besser kennenzulernen. Eine richtige WG-Party, wie sie in hunderttausend Wohnungen im ganzen Land alle naselang stattfand.

Ich lief voll bepackt vom Supermarkt zurück und legte die Einkäufe auf den Küchentisch. Mittlerweile hatte ich völlig den Überblick verloren, wie viele Leute kommen würden. Ich selbst hatte heute Morgen – quasi noch auf den letzten Drücker – jemanden eingeladen. Jule, das Mädchen aus der ordentlichen WG, die mir damals ihre Telefonnummer aufgedrängt hatte. Ich kannte sie zwar so gut wie nicht, ich kannte ja überhaupt niemanden hier, aber dennoch hoffte ich, dass ihre Anwesenheit der Villa eine gewisse Normalität verleihen würde. Zu meiner grenzenlosen Überraschung hatte sie sofort zugesagt und auch versprochen, dass ihre Freundinnen mitkommen würden. Ebenso ein gewisser Janek, der jetzt in das freie Zimmer gezogen war. Ein Junge!

Ich blickte auf meine Armbanduhr. Noch zwei Stunden. Ich begann damit, den Käse in Würfel zu schneiden. Auf dem Küchentisch standen Unmengen von Flaschen, auf dem Boden ein Kasten Bier. Obwohl gegrillt werden sollte, war außer einem Teller mit qualvoll verdrehten Würsten nicht viel zu sehen. Der Kuchen war bereits zur Hälfte aufgegessen. Claire war in ihrem Zimmer verschwunden, Julius und Stefan versuchten mit großem Tamtam, den verrosteten Grill anzuschmeißen, und Benjamin hatte versprochen, eine Musikliste auf seinen iPod zu laden. Es dauerte verdächtig lange. Ich passte auf wie ein Luchs, ob Lauren sich durch irgendeine Geste oder Bemerkung ihm gegenüber verriet, aber nichts geschah. Es war, als hätte es den nächtlichen Moment in der Küche nie gegeben.

Um Punkt 19 Uhr klingelte es. Vor der Tür standen Jule und ihre Freunde und sahen mich erwartungsvoll an. Janek, ihr neuer Mitbewohner, trug ein gebügeltes hellblaues Hemd – wie ein Bankangestellter. Na klasse.

»Hallo«, sagte ich. Sie sahen sich neugierig um, beeindruckt und leicht verunsichert.

»Hier.« Jule hielt mir eine Schüssel mit Nudelsalat hin.

»Oh, lecker, danke. Geht ruhig schon mal durch in den Garten. Oder bleibt in der Küche, ganz wie ihr wollt. Nur nach oben könnt ihr nicht, da ist gesperrt.« Ich plapperte hektisch drauflos, schob sie vor mir her, weg von der Treppe. Janek blieb stehen.

»Warum denn?«, fragte er neugierig. Fachmännisch klopfte er das Geländer ab. Ich betete im Stillen, dass es nicht zusammenbrechen würde.

»Renovierungsarbeiten.« Ich schubste die verwirrten Mädchen durch die Hintertür in den Garten hinaus. Zu Julius, der gerade Spiritus auf das Feuer gekippt hatte und wie der Leibhaftige hinter einer Stichflamme erschien.

Dröhnende Bässe erklangen plötzlich im Haus und jemand hämmerte an die Eingangstür. Ich lehnte kurz meine Stirn an die kalte, glatte Wand. Säuerlicher Essiggeruch stieg von dem Nudelsalat auf, den ich immer noch in der Hand hielt. Was hatte ich mir eigentlich dabei gedacht, irgendwelche fremden Leute einzuladen? Es klopfte wieder, diesmal fordernder.

»Ey!«, brüllte jemand. »Julius!«

Stunden später hatte die Horde von Julius' Bekannten nicht nur den Nudelsalat und meine Käsewürfel aufgefressen, sondern auch den Kuchen und so ziemlich alles, was sich im Kühlschrank befunden hatte. Der Grill war nicht zu gebrauchen gewesen, und so hatte irgendjemand die Bratwürste in einer Pfanne gebraten. Fett glitzerte auf dem Boden, am Herd und an der Wand. Eine Wurst war heruntergefallen und lag plattgetreten neben Kippen auf dem Boden. Ein grotesker rosa Fladen. Es lag wohl daran, dass fast nur Jungs gekommen waren, Bekannte von Julius. Seltsame Typen, laut und nervig, die zum Teil schon angetrunken hier aufgetaucht waren. Überall saßen sie herum – im Treppenhaus, in der Küche, im Garten. Julius war schon ziemlich hinüber, er fiel allen um den Hals und schenkte ungefragt die Gläser zu voll. Claire verschwand immer wieder in ihrem Zimmer, sie war seltsam ruhelos, ich selbst blieb nüchtern und hörte mir eine Weile lang Janeks Monolog über sein Traumauto an, während meine Gedanken immer wieder abdrifteten. Eigentlich wartete ich nur.

Auf jemand ganz Bestimmtes.

Ich tigerte hin und her, ging schließlich noch mal ins Bad, weil da der einzige vernünftige Spiegel im Haus hing. Die Tür war nicht abgeschlossen und ich tappte geradewegs in eine Szene hinein, die ein Flashback der gestrigen Nacht hätte sein können. Nur, dass es diesmal Stefan war, an dem Lauren klebte – mit dem Rücken zu mir. Und dass Laurens Rock so weit hochgeschoben war, dass ich ihren nackten Hintern sehen konnte.

Ich stand einen Moment lang da wie schockgefroren, dann stolperte ich rückwärts hinaus und zog die Tür mit einem leisen Klappen hinter mir zu. Lauren hatte mich nicht mal bemerkt. Stefans Grinsen hingegen war eindeutig gewesen. Völlig durcheinander ging ich in die Küche und goss mir ein Glas selbst gemixtes Irgendwas ein, von dem ich sofort husten musste.

»Geile Hütte«, sagte jemand neben mir. Ein Typ, der seine Beine auf einen Stuhl gelegt hatte und seine Asche in die Nudelsalatschüssel stippte. »Julius hat echt Glück mit seinem Alten.«

»Hmm«, machte ich matt.

»Zeig mir doch mal dein Zimmer«, sagte er mit einem Grinsen.

»Was?«

»Du hast doch bestimmt ein gemütliches Zimmer, oder? Hier sind so viele Leute.«

»Mein Zimmer lassen wir mal lieber in Ruhe.« Das fehlte gerade noch.

Er zuckte gleichmütig mit den Schultern und sah sich um. Die Zigarette verglomm zischend in den Essigresten.

»Mann, Mann, die müssen einen Haufen Kohle haben. Und das nach allem, was Julius sich geleistet hat. Mein Alter flippt schon aus, wenn ich nur mal mit seinem kostbaren Scheißauto Milch holen will!«

»Wie meinst du das?«, fragte ich, hellhörig geworden.

»Ich meine die Harley Davidson von Julius, Baby. Die er zum Abi geschenkt bekommen und zwei Tage später zu Schrott gefahren hat.«

»Ach.« Mehr brachte ich nicht heraus.

»Genau. Ach! Das hat der alte Behnisch auch gesagt. Nur ein bisschen lauter!« Er lachte albern. »Das war echt eine geile Karre. Aber jetzt gibt's nur noch Fahrräder für den guten Julius. Ist sowieso besser. Für die Umwelt.« Er rappelte sich plötzlich auf und stierte mich intensiv an, offenbar wollte er mit einem Gespräch über Luftverschmutzung sein versoffenes Image wieder geraderücken.

Richter Behnisch und sein missratener Sohn. Ich beugte mich zu dem Typen hin. »Wann war das denn?«, flüsterte ich.

Seine ausdruckslosen Äuglein leuchteten erwartungsvoll auf. Er flüsterte ebenfalls: »Na, voriges Jahr, als er komplett zugedröhnt rumgefahren ist.«

»Zugedröhnt?«

»Du weißt schon. Sein kleines Problem.« Er vollführte eine Handbewegung, als ob er sich eine Tablette in den Rachen warf. »Danach musste er doch ein paar Wochen in Rehab.« Er sprach es »Riehepp« aus.

»Ach so, das«, flüsterte ich benommen.

Er blies mir seinen Bieratem ins Gesicht. »Was ist denn nun mit deinem Zimmer?«

Ich stand auf. Durch das Küchenfenster hatte ich jemanden kommen sehen. Lars.

»Ist heute geschlossen.«

Wir setzten uns in den Garten hinaus, schräg gegenüber von Jule und ihren Freunden, die den ganzen Abend auf ein und demselben Platz zu verharren schienen, verstört an ihren Gläsern nippten und die tumultartigen Verbrüderungsszenen von Julius und seinen Kumpanen beobachteten. Gerade hatte sich einer das orange Verkehrshütchen auf den Kopf gesetzt. Janeks Hemd hatte einen nassen Fleck, garantiert nicht von ihm selbst verursacht. Lauren saß mit unglücklichem Gesicht auf der Steinbank, neben ihr Claire, die leise auf sie einredete. Mir fiel auf, dass Claire heute Abend gut aussah, sie strahlte regelrecht. Vorhin hatte sie mir zugezwinkert und »Süß, dein Freund!« gesagt. Zum Glück hatte Lars sie nicht gehört. Stefan schien sich nicht um Lauren zu kümmern, er kickte eine Bierdose herum. Wie ein verliebtes Paar benahmen sie sich nicht gerade. Aber die Szene im Bad …

»Wahnsinnsparty«, sagte Lars. Tapfer aß er das letzte Stück trockenes Baguette und spülte es mit lauwarmem Bier herunter. »Das Buffet ist auch klasse.«

Ich sah ihn an. Dann prusteten wir beide los. Die Party war ein Reinfall, aber Lars saß bei mir und das ließ alles andere verblassen. Ich war so froh, dass er noch gekommen war. Und dass er niemanden mitgebracht hatte.

Der Abend rauschte an mir vorbei. Lars tröstete mich wegen Billy und dann unterhielt ich mich über alles Mögliche mit ihm, während um uns herum die »Jahrhundertparty« ihrem lauwarmen Ende zuging. Einmal klingelte jemand aus der Nachbarschaft, woraufhin die Musik leiser wurde und die Leute nach und nach verschwanden. Jules WG hatte sich lautlos verflüchtigt, Benjamin war nicht zu sehen, Julius war in seinem Gartenstuhl zusammengerutscht, die Pfeife wie ein vergessenes Spielzeug neben sich auf dem Rasen. In diesem Moment hatte ich das Gefühl, dass ich durch ihn hindurchschauen konnte wie durch Glas. Er tat mir leid. Er hatte alle möglichen materiellen Sachen, aber es schien nicht das zu sein, was er wollte. Er betäubte sich. Mit Alkohol, mit hirnlosen Freunden, mit Tabletten.

»Ich muss los«, sagte Lars plötzlich. »Ich muss morgen früh raus. Ich habe meiner Oma versprochen, dass ich sie zum Arzt fahre.«

Ich glaubte ihm. Er war kein zweiter Oliver. Aber würden wir uns noch einmal sehen? Ich folgte ihm zur Tür, als ich plötzlich Lauren wahrnahm, die vor dem Treppenaufgang auf dem Boden saß und rauchte. Tränen rollten ihr die Wangen herunter.

»Lauren! Was ist denn los?« Erschrocken blieb ich stehen.

Sie schüttelte stumm den Kopf. Nahm einen heftigen Zug und hustete. Ich hatte sie noch nie rauchen sehen.

»Wo ist denn Stefan?«

Sie wandte mir ihr nasses Gesicht zu. Die Augen kleine Schlitze, die Haut rotfleckig. Sie musste schon eine ganze Weile lang geweint haben. Ein dünnes Lächeln erschien um ihren Mund, als hätte es jemand mit einem Bleistift aufgemalt.

»Es ist nichts, Nina. Wirklich. Bin nur ein bisschen blau.«

Lars stand ein Stück von mir entfernt im Dunkeln und zuckte hilflos mit den Schultern. Ich glaubte Lauren kein Wort, aber offenbar wollte sie nicht mit mir reden. Was auch immer die zwei für Stress miteinander hatten, ich würde mich nicht aufdrängen.

»War schön mit dir«, sagte Lars vor der Tür. »Ich hab ja deine Nummer …«

»Und ich deine«, fiel ich ihm ins Wort. Wir schwiegen verlegen.

»Viel Spaß im Ferienlager«, sagte ich endlich. Er umarmte mich kurz. Und ging.

Ich fiel ins Bett und schlief sofort ein. Irgendwann musste die Party endlich aufgehört haben, denn als ich aufwachte, war es noch dunkel, aber still. Es war ein Geruch, der mich geweckt hatte. Als ob jemand direkt neben mir rauchte. Schlaftrunken setzte ich mich auf und sah auf meine Uhr. Es war halb drei.

Meine Tür stand leicht offen, dabei hatte ich sie vorhin zugemacht. Oder doch nicht? Ich konnte nichts erkennen.

»Hallo?«, sagte ich leise. Und da, ganz deutlich, hörte ich jemanden vor meiner Tür weggehen. Ich sprang aus dem Bett und rannte hinterher, aber als ich den Kopf in den Korridor rausstreckte, war alles leer und dunkel.

»Hör auf mit dem Scheiß!«, wollte ich rufen, aber es kam nur ein Krächzen aus meinem Mund. Waren Julius' seltsame Freunde etwa noch da? Entschlossen schob ich einen Stuhl von innen unter die Klinke. Ich versuchte, wieder einzuschlafen. Kurz dämmerte ich weg, wachte aber bald wieder auf, strampelte meine Decke weg und warf mich im Bett hin und her. Dann musste ich doch wieder eingeschlafen sein, denn als ich aufwachte, war draußen heller Tag und ich fühlte mich wie gerädert. Ein Blick auf die Uhr zeigte mir, dass es bereits 11 Uhr war. Gern wäre ich wieder in mein traumloses Niemandsland versunken, aber es ging einfach nicht. Es hatte keinen Zweck. Ich konnte nicht mehr schlafen und daher genauso gut aufstehen.

Im Korridor lag etwas. Oder besser gesagt jemand. Da hatte wohl einer von Julius' Freunden zu tief ins Glas geschaut und den Weg nach Hause nicht mehr gefunden. Ich wollte über die schlafende Person hinwegsteigen, als ich bemerkte, dass es Lauren war.

»He! Wieso schläfst du denn …«, setzte ich an,

dann brach ich ab. Es war, als hätte jemand plötzlich seine Hand durch meine Rippen gesteckt und meine Lunge gequetscht, sodass ich keine Luft mehr bekam.

Etwas stimmte nicht mit Lauren. Ihre Haltung? Sie lag so komisch krumm da.

Ihr Gesicht? Es war blass, fast gelblich. Dann wusste ich es. Es waren ihre Lippen. Das leichte Zittern der Atmung fehlte, nicht der kleinste Hauch war zu spüren. Ich berührte ihren Arm. Kalt. Ließ sich nicht bewegen. Keine Reaktion.

Eine warme, nasse Welle kam über mich.

»Lauren?«

15. Kapitel

Der Schrei aus meinem Mund klang gellend und markerschütternd und hörte erst auf, als mich jemand so stark rüttelte, dass es wehtat. Stefan.

»Mensch!«, schimpfte er. »Was brüllst du denn so?«

Tränen quollen mir aus den Augen, trübten meine Sicht. Sein Gesicht verschwamm zu einem hellen Fleck.

»Lauren«, wisperte ich. Etwas Bitteres schoss meine Speiseröhre hoch, bahnte sich einen Weg nach draußen. Ich presste die Hand vor meinen Mund.

»Herrgott noch mal, wie viel hast du denn ...« Er sprach nicht weiter. Sein Blick war auf Lauren gelandet. Auf ihrem verdrehten Körper. Den blutleeren Lippen. Stefan warf sich auf sie, schüttelte sie, rief ihren Namen. Fühlte ihre leblose, starre Kälte. Dann sprang er auf, sah hektisch um sich, die Augen blutunterlaufen.

»Julius!«, schrie er. »Julius, wach auf! Benny! Claire! Scheiße, verdammte Scheiße! Lauren, Baby!« Er zerrte plötzlich an meiner Hand. »Ruf den Notarzt!«

»Stefan ...«, sagte ich langsam.

»Ruf an, verdammt noch mal!« Und so stürmte ich zurück in mein Zimmer, schnappte mein Handy und hämmerte die drei Zahlen hinein, während um mich herum die Welt, wie ich sie bislang gekannt hatte, aufhörte zu existieren. Türen klappten, ich sah Beine, Arme, Köpfe, ohne sie zuordnen zu können, hörte Geräusche: Weinen, einen Aufschrei, schrille Wortfetzen. Ich redete mechanisch mit einer Frau am anderen Ende des Telefons, gab die Adresse durch, knickte kurz in den Knien zusammen und rappelte mich wieder hoch. Wie durch einen Schleier sah ich zu, wie Stefan auf Laurens Brustkorb herumdrückte.

Dabei hätte er als halber Mediziner es doch besser wissen müssen.

Wann das umsonst war.

Ich hätte später nicht mehr sagen können, wie die Zeit bis zum Eintreffen des Rettungswagens verging. Plötzlich waren sie da, zwei junge Männer, die unverzüglich mit irgendwelchen Instrumenten herumfuhrwerkten, hastig, dringend, nur um nach einer viel zu kurzen Zeit erschöpft mit dem Kopf zu schütteln. Nichts mehr zu machen.

Lauren war tot.

Ich nahm kaum etwas wahr. Ich saß auf dem Boden und fixierte Laurens glitzerblauen Nagellack, der am großen Zeh bereits absplitterte. Aus irgendeinem Grund fand ich gerade das schrecklich grausam. Dass die arme, hübsche Lauren, die immer wie aus dem Ei gepellt ausgesehen hatte, nichts dagegen tun konnte, wie sie jetzt aussah. Dass sie niemals wieder ihre Fußnägel lackieren würde. Und da weinte ich wieder. Ich weinte immer noch, als zwei ernst aussehende Polizisten erschienen, die offensichtlich von den Rettungsleuten gerufen worden waren. Einer der beiden war ein kräftiger, älterer Mann mit freundlichen Augen, der mich an meinen Vater erinnerte. Meine Eltern! Meine Eltern saßen jetzt irgendwo im Elsass und aßen Flammkuchen, während ihre Tochter auf dem Boden neben einer Leiche hockte! Ich schnappte mein Handy und wählte mit zitternden Fingern die Nummer meiner Mutter.

»Hallihallo, hier ist die Brigitte, bin gerade nicht erreichbar, versucht es doch später noch einmal.« Beim Klang der munteren und vergnügten Stimme meiner Mutter zuckte ich zusammen. Sie hörte sich so normal an. Genauso wie gestern und vorgestern und an allen anderen Tagen davor. Als Lauren noch am Leben gewesen war.

Ich konnte nichts sagen. Stumm klappte ich mein Handy zu. Wie sollte ich meiner Mutter denn eine solche Nachricht auf dem Anrufbeantworter hinterlassen?

Und dann, als plötzlich noch zwei andere Männer auftauchten, diesmal in Zivil, und sich als Hauptkommissar Ertl und sein Assistent von der Kripo vorstellten, da dämmerte in meinem Kopf zum allerersten Mal die Frage, die ich mir bislang vor lauter Panik noch gar nicht gestellt hatte: Warum war Lauren gestorben?

Die KTU, die kriminaltechnische Untersuchung, kam wenig später. Diesmal waren es zwei Frauen in weißen Overalls mit Kapuzen über dem Kopf, die überall hinkrochen. Ich fragte mich, wie man so einen Job machen konnte. Zwang mich, nicht zu ihnen hinzusehen.

»Haben Sie gestern eine Party gefeiert?«, fragte der Mann, der sich als Hauptkommissar Ertl vorgestellt hatte. Wir nickten. Die leeren Flaschen überall sprachen Bände.

»Haben Sie eine Ahnung, wie viel Ihre Freundin getrunken hat?«, wandte er sich an Stefan.

»Ich weiß nicht«, stotterte Stefan. »Ich glaube, normalerweise trinkt sie nicht so viel. Trank.«

Er schluckte schwer.

»Und gestern Abend? Sie müssen doch mitbekommen haben, ob sie völlig betrunken war, oder nicht? Der Arzt glaubt, dass sie zwischen Mitternacht und 4 Uhr morgens gestorben ist. Waren Sie da nicht mehr wach?«

Um halb drei hatte ich doch das Geräusch von Schritten gehört. Sollte ich das erwähnen? Aber was genau würde das bringen?

»Ich weiß nicht«, wiederholte Stefan leise, Panik in der Stimme. »Wir haben uns ... ein bisschen ... gestritten.«

Ertl bedachte ihn mit einem forschenden Blick, drängte ihn aber nicht weiter.

»Und Sie alle?« Er sah uns an.

Benjamin zuckte resigniert mit den Schultern. Claire schüttelte leicht den Kopf.

»Wir waren alle ziemlich fröhlich«, bemerkte Julius. Ich verfluchte ihn für dieses unmögliche Wort. Seine Stimme klang rau. Er sah aus wie ein Gespenst, fast weißer als Lauren.

»Ich habe sie auf der Treppe sitzen sehen«, fiel es mir auf einmal ein. »Da hat sie geweint und behauptet, dass sie ziemlich blau wäre.«

»Geweint?« Diesmal galt der skeptische Blick mir allein. Ich wich ihm aus.

»Woran ist sie denn gestorben?«, fragte Claire.

»Das wissen wir noch nicht. Das wird die Gerichtsmedizin feststellen.«

»Gerichtsmedizin?« Julius' Stimme war kaum zu hören.

Hauptkommissar Ertl nickte. »Ich habe gerade mit der Staatsanwältin gesprochen. Wenn die Todesursache unklar ist, geht der Fall in die Gerichtsmedizin. Junge Leute sterben ja nicht einfach so.«

Der Fall. Lauren war jetzt ein Fall für die Gerichtsmedizin. Ich spürte, wie mir schwindlig wurde, und presste meine Hände so fest an meine Schläfen, dass es schmerzte.

»Peter«, sagte plötzlich der andere Mann. Er hielt etwas Weißes hoch. Ein Blatt Papier. »Hatte sie in der Hand. Haben es kaum rausgekriegt.« Er stockte kurz und biss sich verlegen auf die Lippe. Claire schluchzte leise auf.

Ertl nahm ihm den Zettel aus der Hand und las mit gerunzelter Stirn. Flüchtig konnte ich etwas Geschriebenes erkennen. Es sah aus wie ein Gedicht. Schlagartig wurde mir wieder so schlecht, dass ich aufsprang und ins Bad rannte. Ich schaffte es gerade noch bis zur Toilette. Was war das für ein Gedicht? Hatte Lauren auch so komische Gedichte bekommen? Ich spülte mir den Mund aus, klatschte kaltes, betäubendes Wasser in mein Gesicht und setzte mich auf den Wannenrand. Dort, wo gestern Stefan und Lauren gestanden hatten, als ich hereingeplatzt war.

»Nina«, rief jemand. Ich schleppte mich wieder raus.

»Hast du eine Ahnung, warum Lauren das in der Hand hatte?«

Ich blinzelte. Starrte auf den Zettel. Das Gedicht. Ich las die ersten Zeilen und hätte beinahe aufgelacht. Das war ein ganz normales, wunderschönes Gedicht, nicht so ein verqueres Gestammel wie das, was der Unbekannte für mich hinterlassen hatte.

Halblaut las Hauptkommissar Ertl vor, was auf dem Zettel stand:

Ein Jüngling liebt ein Mädchen,
Die hat einen andern erwählt;
Der andre liebt eine andre,
Und hat sich mit dieser vermählt.

Das Mädchen heiratet aus Ärger
Den ersten besten Mann,
Der ihr in den Weg gelaufen;
Der Jüngling ist übel dran.
Es ist eine alte Geschichte,
Doch bleibt sie immer neu;
Und wem sie just passieret,
Dem bricht das Herz entzwei

Ich kannte die Zeilen. »Heinrich Heine«, sagte ich. »Ein Jüngling liebt ein Mädchen. Geht um unerwiderte Liebe.«

Der Kommissar nickte bedächtig. »Sieht aus, als ob ihr das Gedicht wichtig war, sonst hätte sie es nicht aufgeschrieben.«

»Soll das ein Abschiedsbrief sein?«, fragte ich verwirrt.

»War Ihre Freundin denn in einen anderen verliebt?« Der Hauptkommissar hatte wieder Stefan im Visier.

»Natürlich nicht.« Stefans Stimme war ganz brüchig. Aber er sah dem Kommissar nicht in die Augen und – ich konnte mir nicht helfen – ich hatte das Gefühl, dass er nicht ganz ehrlich war.

»Sie denken, Lauren liebt einen anderen?«, fragte Claire perplex. *Liebte!*, schrie ich in Gedanken. Aber auch das machte keinen Sinn. Lauren war so verknallt in Stefan gewesen, wie ein Mädchen es nur sein konnte. Und doch … Die Szene mit Benjamin erschien wie aus dem Nichts vor meinem inneren Auge. Ich spürte, wie ich langsam aus meiner Trance erwachte und mein logisches Denken wieder einsetzte.

»Was meinst du denn, Benjamin?«, fragte ich und sah ihm direkt in die Augen. »War Lauren in einen anderen verliebt?«

Er wurde rot. Das war ja nichts Neues.

»Woher soll ich denn das wissen?«, flüsterte er. Ich hatte mit einem Mal riesige Wut auf ihn. Er wusste doch etwas! Warum sagte er nichts?

»Der Bestatter ist unterwegs«, meldete sich einer der jungen Rettungsärzte. Ich hatte völlig vergessen, dass die beiden noch da waren. Er reichte dem Hauptkommissar ein paar Papiere.

»Was?« Stefan klang auf einmal wie ein kleiner Junge. Sein Gesicht verzerrte sich zu einer weinerlichen Fratze, als ob ihm erst jetzt bewusst wurde, dass Lauren gleich für immer verschwinden würde. Aber ich achtete nicht auf ihn. Etwas anderes hatte meine Aufmerksamkeit erregt. Der Zettel mit dem Gedicht, der lose in der Hand des Hauptkommissars baumelte.

Es sah aus wie Laurens Schrift, nur ziemlich verschmiert. Im ersten Moment hatte es ausgesehen, als ob Tränen auf das Papier getropft wären, aber jetzt hatte ich erkannt, was das war. Das Gedicht war mit dem klecksenden Füller geschrieben worden, dem umständlichen, protzigen Ding aus der Küche.

Warum um alles in der Welt hatte Lauren für ihre letzte Nachricht dieses Monstrum benutzt und nicht ihren heiß geliebten gold-rosa Weihnachtsstift? Der Füller war doch mehr Stefans Stil.

Wahrscheinlich war Lauren sturzbetrunken gewesen, als sie das Gedicht aufgeschrieben hatte. *Mit dem umständlichen Füller auf das Papier gekratzt hatte?* Irgendwo in meinem Kopf machte etwas kurz *klick*, nur um sofort wieder zu verschwinden.

Ich löste meinen Blick von dem Blatt und sah zu Stefan. Er heulte. Neben ihm stand Benjamin und rieb sich gestresst die Stirn. Ich starrte auf seinen Zeigefinger, der hoch und runter rieb, hoch und runter. Und auf den blauen Tintenklecks neben dem Fingernagel.

16. Kapitel

Die KTU nahm das Gedicht mit und auch ein paar Gläser und halb leere Flaschen.

»Warum machen die das?«, fragte Stefan leise.

»An irgendwas muss sie doch gestorben sein. Alkoholvergiftung vielleicht? Mit 17 fällt man doch nicht einfach tot um, wie der Mann schon gesagt hat«, murmelte Julius.

»Heißt das, die glauben, dass sie sich umgebracht hat?«

»Hat sie das denn?« Julius' Stimme war jetzt nur noch ein Wispern.

»Wieso fragst du mich so was? Was ist das für eine Scheißfrage?« Stefan klang wütend.

»Und was ist das für eine Antwort?«, gab Julius zurück.

»Hört auf!«, zischte ich. Ich zupfte Julius am Ärmel. Wie konnten sie sich hier streiten, wenn … Er sah zu mir. Ich ruckte unmerklich mit dem Kopf nach links.

Lauren wurde gerade auf einer Bahre weggetragen. In einen Plastiksack gehüllt. Zugezurrt wie eine riesige Reisetasche. Ich konnte es einfach nicht glauben. Spontan griff ich nach Stefans Hand. Er erwiderte meinen Händedruck. Benjamin hockte auf dem Boden, Claire blickte ins Nirgendwo.

»Warum?«, flüsterte ich.

Endlich waren sie alle weg. Es war schon fast wieder Abend. Der Hauptkommissar hatte uns zu verstehen gegeben, dass man sich bald wieder bei uns melden würde.

Wenn weitere Fragen auftauchten.

Wie von unsichtbarer Kraft angezogen hatte es uns alle in die Küche verschlagen. Ich fing an, Teller abzuwaschen, klebrige Pfützen aufzuwischen, Flaschen in Kisten zu räumen. Mechanisch irgendwas zu tun, nur um mich zu beschäftigen. Die anderen arbeiteten fieberhaft mit. Keiner sagte etwas. Als Stefan eine nasse Tasse aus der Hand rutschte und auf den Küchenfliesen zerschellte, hielten wir inne. Starrten auf den Henkel der Tasse, der wie ein abgeschnittenes Ohr auf dem Boden lag. Stefan fing an zu schluchzen, kehlig und laut.

»Hey!« Claire umarmte ihn.

»Ich hab gestern mit ihr Schluss gemacht«, platzte er heraus.

»Was?!« Julius sog hörbar die Luft ein.

»Ich hab mit ihr Schluss gemacht! Aber ich hab doch nicht ahnen können, dass sie …« Der Rest ging in einem schnaubenden Geräusch unter.

»Sch, sch«, machte Claire. Als ob sie ein Baby beruhigte. Ich hatte gar nicht gewusst, dass sie so mütterlich sein konnte.

»Du meinst, sie hat deswegen …?« Benjamin sprach aus, was alle dachten.

Stefan zuckte mit den Schultern. »Ich weiß gar nichts. Aber dieses komische Gedicht. Was soll ich denn sonst denken?«

»Warum hast du denn mit ihr Schluss gemacht?«, fragte Claire.

»Ist doch jetzt egal«, flüsterte Stefan. »Aber deswegen bringt man sich doch nicht um.«

»Ihr wisst doch gar nicht, ob das stimmt«, sagte ich. Alle Köpfe fuhren zu mir herum. Claire fing sich als Erste.

»Ob *was* stimmt?«

»Dass sie sich … Dass das Selbstmord war.« Die Sache mit dem Füller ging mir nicht aus dem Sinn. Mein Unterbewusstsein grübelte die ganze Zeit darüber nach.

»Na, was denn sonst?« Claire sah mich herausfordernd an. »Herzinfarkt? Alzheimer?«

»Claire!« Benjamin riss erschrocken die Augen auf.

Sie hob abwehrend die Hände hoch. »Sorry. Aber was soll Ninas Frage dann, hm?«

»Es gibt ja noch eine andere Möglichkeit.« Ich brachte den Satz kaum raus. Sie starrten mich an. Verstanden endlich.

»Wie bitte?«, fragte Julius.

Jetzt oder nie, dachte ich. »Diese Typen, die du

eingeladen hast, die waren doch alle nicht ganz dicht«, warf ich ihm an den Kopf. »Einer hat mich total angemacht. Vielleicht hat sich ja einer von denen Lauren geschnappt, als sie total besoffen war? Und wo warst du überhaupt?« Ich drehte mich zu Stefan um. »Wieso hast du Lauren allein gelassen? Wieso hat sie im Flur geschlafen?«

»Ich hatte ihr gesagt, dass es aus ist. Sie ging mir mit ihrer Klammerei auf die Nerven.«

»Ach ja?«, sagte ich. »Die Klammerei habe ich gestern aber anders beobachtet.« Musste ich noch deutlicher werden?

»Was?«, fragte Claire verständnislos. Stefan war in sich zusammengesackt. Benjamin trommelte nervös mit den Fingern auf den Tisch. Ihn würde ich mir als Nächstes vorknöpfen.

»Meine Freunde sind in Ordnung. Wie kannst du ihnen so was unterstellen?«, fuhr Julius mich an.

»Deine Freunde? Oder deine Dealer?«, sagte Claire plötzlich. Julius erstarrte. Es wurde so still, dass man das Tropfen des Wasserhahns hören konnte.

»Ich meine, wir wissen doch alle Bescheid, Julius. Und irgendwie hat Nina schon recht. Deine Kumpels sind nicht gerade die Unschuld vom Lande.«

»Aber doch keine Mädchenschänder! Ja, es stimmt. Ein paar kenne ich noch von früher. Aus meiner …« Er holte tief Luft. »Aus der Zeit, als ich noch abhängig war. Aber ich bin's nicht mehr!« Niemand sah überrascht aus. Offenbar hatten es alle außer mir schon lange gewusst.

»Und nur weil ein paar von denen ab und zu was Illegales machen, heißt das noch lange nicht, dass sie Mörder sind, oder?« Julius sah uns wütend an. Mörder. Jetzt hatte es jemand ausgesprochen.

»Hört auf.« Stefans Stimme klang erschöpft. »Ich geh zu meinen Eltern. Die wissen es noch gar nicht. Und zu Laurens Eltern.« Damit erhob er sich. Ich sah, dass seine Augen wieder wässrig schimmerten. Und fragte mich mittlerweile, ob seine Trauer nun echt oder gespielt war.

»Ich hau auch ab.« Benjamin sprang auf.

»Das ist aber schade«, mischte ich mich ein. »Ich wollte dich nämlich auch noch etwas fragen.«

»Ein andermal.« Seine Stimme klang eisig.

»Wieso verschwindet ihr denn jetzt alle?« Julius wirkte regelrecht panisch. »Ihr könnt doch jetzt nicht einfach abhauen.«

»Bevor wir nicht Bescheid wissen, woran sie gestorben ist, können wir sowieso nichts machen. Und ich habe keine Lust, mir hier irgendwelche Theorien und Unterstellungen anzuhören«, sagte Benjamin. Wie viel er auf einmal reden konnte. War das sein schlechtes Gewissen?

Wenig später waren wir nur noch zu dritt. Die Küche war so sauber wie noch nie zuvor. Ich kochte schweigend Tee für uns. Julius rauchte Kette. Zigaretten.

Fast war ich ihm dankbar, dass er das Brimborium mit seiner Pfeife bleiben ließ.

»Ich geh mich duschen«, sagte Claire. Wir antworteten nicht.

Als sie weg war, blieben wir eine Weile lang stumm.

»Verdammte Scheiße«, sagte Julius auf einmal. Und dann fing er tatsächlich an zu schluchzen. Ich wusste nicht, wo ich hinschauen sollte, kämpfte gegen meine aufsteigenden Tränen. Wenn ich nicht sofort verschwand, würden wir in wenigen Minuten gemeinsam hier sitzen und heulen. Und Julius war der Letzte, mit dem ich das tun wollte. Ich murmelte etwas und ging raus. Ich klopfte an Claires Zimmer. Niemand antwortete. Sie war da, das konnte ich hören, aber offenbar wollte sie alleine sein.

Ich tigerte durch mein Zimmer. Mein Blick flatterte immer wieder zu den beiden Zetteln auf meinem Tisch. Der eine mit Laurens rosa Girlie-Schrift darauf, der andere mit »meinem« Gedicht. Ich musste mit jemandem reden. Aber mit wem? Es war Samstagabend, ich kannte fast keine Menschenseele in dieser Stadt. Nein, das stimmte nicht ganz. Da waren Tante Franziska und Lars.

Aber den kannte ich kaum. Jedenfalls nicht gut genug, um ihn mit so einer schockierenden Nachricht anzurufen. Ich tat es trotzdem.

»Hallo?«

Er klang fröhlich, im Hintergrund hörte ich Musik

und Stimmengewirr. Befand er sich bereits auf der nächsten Party?

»Ich bin's«, stammelte ich. »Nina.«

»Nina! Wie geht's dir? Ging der glorreiche Abend denn noch lange? Hat deine Freundin ihren Rausch wieder ausgeschlafen?«

»Was?«

»Deine Freundin, die auf der Treppe saß und geheult hat.«

»Sie ist tot.«

Am anderen Ende erklang ein Geräusch. Eine Art ungläubiges Schnaufen.

»Spinnst du? Soll das ein Witz sein?« Er lachte unsicher.

»Es ist kein Witz. Sie lag heute früh tot im Korridor.«

»Um Gottes ... Wieso denn? Warum?«

»Wir wissen es nicht. Sie haben sie mitgenommen.« Ich brachte das Wort Leiche nicht über die Lippen.

»Bist du okay? Von wo aus rufst du denn an?«

»Ich bin in meinem Zimmer.« Mir fiel etwas ein. »Sag mal, gestern Abend, hattest du das Gefühl, dass sie sehr betrunken war?«

Er zögerte kurz. »Na ja, besonders nüchtern kam sie mir nicht gerade vor. Aber auch nicht völlig hinüber. Sie hat ja noch ganz normal geredet, nicht gelallt oder so. Warum?«

Genau. Sie war nicht sturzbetrunken gewesen.

»Und hast du einen Zettel oder so was bei ihr liegen sehen?«

»Einen Zettel? Keine Ahnung. Es war so dämmerig in eurem Haus. Warum denn?«

»Weil wir nicht wissen, warum sie gestorben ist. Es sieht so aus«, ich stockte kurz, »als hätte sie sich umgebracht.«

»Warum das denn?«, fragte er zum vierten Mal. Im Hintergrund lachte eine Gruppe von Leuten schrill auf. »Lars!«, rief jemand.

»Das wissen wir auch nicht. Liebeskummer, wie es aussieht. Ihr Freund hat mit ihr Schluss gemacht. Wo bist du denn?«

»Wie kann man nur so was tun?«, sagte er leise, wie zu sich selbst. »Ich bin hier auf der Geburtstagsfeier von meinem Bruder. Willst du vielleicht herkommen?«

»Nein, auf keinen Fall.« Allein der Gedanke versetzte mich in Panik.

»Lars«, rief wieder jemand.

»Hör mal, ich ...«

»Es ist okay«, fiel ich ihm ins Wort. »Ich wollte dir nicht die Partylaune verderben.«

»Quatsch. Pass auf, ich rufe dich morgen früh an, bevor ich ins Ferienlager fahre, okay? Dann können wir in Ruhe darüber sprechen. Und du kannst mich jederzeit dort anrufen.«

»Alles klar«, sagte ich mit dünner Stimme. Lars konnte nicht herkommen. Der Zettel mit Laurens

Telefonnummer lag auf meinem Tisch. Anklagend. Als wollte er mir irgendetwas signalisieren. Ich hatte keine Ahnung, was es war. Wie ferngesteuert klappte ich meinen Laptop auf. Googelte Heinrich Heine und das Gedicht vom Jüngling, der ein Mädchen liebte. Die alte Geschichte, die sich schon seit Ewigkeiten immer wiederholte.

Ein Jüngling liebt ein Mädchen. Der Jüngling wäre also Stefan, das Mädchen Lauren. *Die hat einen andern erwählt.* Benjamin? *Der andre liebt eine andre und hat sich mit dieser vermählt.* Benjamin liebte Lauren nicht, sondern jemand anderen? Es ergab überhaupt keinen Sinn. Außerdem wollte Stefan laut eigener Aussage nichts mehr von Lauren wissen.

War vielleicht der erste Jüngling Benjamin und der zweite Stefan? Der sich mit einer anderen vermählt hatte? Wie lächerlich.

Ich gab es auf.

Und doch lag die Antwort irgendwo in dem Gedicht, ich konnte es förmlich spüren. Morgen würde ich Benjamin zur Rede stellen. Aber zuerst musste ich noch diese Nacht überstehen.

Ich rollte mich zu einem Ball auf meinem Bett zusammen. Ganz klein wollte ich mich machen, winzig klein, so klein, dass mich keiner sehen konnte. Letzte Nacht war Lauren unter mysteriösen Umständen hier gestorben. Kurz zuvor war der schreckliche Engel heruntergefallen. Die komische Blume in meinem Bett, die Tatsache, dass meine Zimmertür nicht abzuschließen war und die Tür zum Garten dauernd aufschnappte … Von Anfang an hatte die Villa etwas Unheimliches an sich gehabt, ich hatte es nur nicht wahrhaben wollen. Ich versuchte, das Gefühl von aufkommender Hysterie zu unterdrücken.

»Reiß dich zusammen!«, sagte ich laut. Nächstes Jahr würde ich komplett alleine irgendwo wohnen. Dann konnte ich auch nicht einfach davonlaufen.

Doch die kleine, nagende Stimme in meinem Kopf gab keine Ruhe. *Wieso ist Lauren gestorben?*, flüsterte sie immer wieder.

17. Kapitel

Als ich am nächsten Tag aufwachte, hatte ich eine Nachricht auf meiner Mailbox. Meine Mutter. Trotz aller Befürchtungen hatte ich geschlafen wie ein Stein und nichts gehört. Unter Gelächter und ständigem »Nun lass mich doch mal ausreden, Martin« ließ sie mich wissen, dass sie ihr Handy verloren hatte. Und vom Handy einer Bekannten anrief. Dass der Verlust das Resultat eines unglaublich witzigen Abends mit einem netten Ehepaar aus Dresden war, wovon sie mir bei Gelegenheit berichten würde. Dass es ihnen prima ging, das Essen wahnsinnig gut war und, und, und ... Ich hielt das Telefon ein Stück weg von meinem Ohr. So viel Heiterkeit war angesichts von Laurens Tod kaum auszuhalten.

Oh, und wenn es irgendeinen Notfall gab, könnte ich gern das nette Ehepaar unter dieser Nummer anrufen, Siegfried und Bettina hießen die. »Du sollst mich doch Siggi nennen, Mensch!«, rief jemand aus weiter Ferne.

Ich schmiss mein Handy aufs Bett. Ein Notfall? Natürlich war das hier ein Notfall. Eine Mitbewohnerin war gestorben. Hatte sie sich umgebracht? Nicht mal das war klar. Und natürlich würden meine

Eltern sofort Siggi und Biggi, oder wie immer sie hießen, stehen lassen und zu mir fahren. Mich abholen. Mich trösten. Laurens Eltern eine Beileidskarte schicken. Den traurigen Vorfall noch ein paarmal erwähnen und dann vergessen. Mein Job in der Kanzlei hätte sich erledigt. Kein Geld bedeutete auch keinen Führerschein. Ich würde den Rest des Sommers in unserem kleinen Kaff sitzen und die Wand anstarren. Lars nicht mehr sehen. Und – dieser Gedanke ließ mir einen kalten Schauer über den Rücken laufen – wahrscheinlich nie herausfinden, was es nun wirklich mit dem Gedicht auf sich hatte. Es war an der Zeit, die Nabelschnur zu durchtrennen. Ich schickte eine SMS: *Mir geht's gut, euch noch viel Spaß.*

Dann rief ich Nadja an. Diesmal meldete sie sich sofort.

»Nina! Du glaubst nicht, wer gestern hier im Restaurant war!«

»Nadja, hör zu. Ich muss dir was erzählen.«

»Was denn?« Sie klang neugierig. Hoffte wohl auf eine pikante Story über mein Liebesleben.

»Gestern hat sich hier ein Mädchen umgebracht.«

»Was? Die aus deinem Haus? Die immer so launisch war?«

»Nein. Eine andere.« Ich berichtete ihr kurz die Ereignisse der letzten Tage. Nadja schien den Atem anzuhalten.

»Ist das spannend!«, sagte sie schließlich. »Konntest du deshalb neulich nicht mit mir reden?«

»Spannend?«

»Na ja. Selbstmord aus Liebeskummer. Da muss doch irgendwas Tolles an dem Typen sein, meinst du nicht?«

Ich schwieg betreten. Nadja war wirklich meine beste Freundin, aber manchmal echt oberflächlich und flapsig. Wahrscheinlich würde sie meine Mord-Theorie noch »spannender« finden.

»Ich finde es eigentlich nur schrecklich«, sagte ich daher bloß. »Und Billy ist auch tot.«

»Den hattest du doch schon ewig. Wahrscheinlich war er schon hornalt.« Wir schwiegen.

»Ich hab sie gefunden«, sagte ich dann leise.

»Ach«, machte Nadja. »Wie schrecklich. Du Arme.« Erneut entstand eine betretene Pause.

»Ja, das war es«, sagte ich.

»Schrecklich«, murmelte Nadja wieder. »So was ...« Eine Tüte knisterte. Als Nadja wieder sprach, schien sie was im Mund zu haben. »Jetzt lass den Kopf nicht hängen. Außerdem gibt es was zu feiern!«

»Was?« Feiern war wirklich das Letzte, worauf ich Lust hatte.

»Gestern. Hier. Im Restaurant! Oliver mit – jetzt halt dich fest – einem fremden Mädchen! Mia ist out!« Sie kicherte schadenfroh, offenbar erleichtert über den Themenwechsel. Oliver interessierte mich momentan nicht im Geringsten. Aber das war Nadjas Art, Trost zu spenden. Ich zwang mich zu einer Reaktion.

»Schön.«

Ihr restliches Geplapper rauschte an mir vorbei, ohne dass ich etwas davon aufnahm. Ich war froh, als sie fertig war. Und ging ins Bad. Erst heiß duschen, dann eiskalt. Mein Rezept für einen klaren Kopf.

Stefan trank Kaffee, hatte Schatten unter den Augen und die Hände um eine bauchige Garfield-Tasse gekrampft.

»Hey«, sagte ich. »Du bist ja schon wieder da. Ich dachte, du wolltest bei deinen Eltern bleiben?«

»Was soll ich da? Mein Vater fährt heute Abend auf Dienstreise und meine Mutter hat sich mein ehemaliges Zimmer bereits als Büro eingerichtet. Sie fragt alle halbe Minute, wie ich mich fühle. Beschissen, wie sonst. Besonders nachdem ich bei Laurens Eltern war. Der blanke Horror. Sie haben mich behandelt, als ob ich Schuld an ihrem Tod hätte. Rumgeschrien haben die.« Er schnaufte verächtlich.

»Meine Eltern sind ganz in Ordnung«, sagte ich und schämte mich fast dafür.

»Aber du bleibst doch hier, oder gehst du wieder zurück?« Da klang etwas in seiner Stimme mit. Eine Bitte.

»Ja, ich denke schon, dass ich hierbleibe«, antwortete ich. Wo sollte ich auch hin? »Was ist mit den anderen?«

Er zuckte mit den Schultern. »Julius und Claire ziehen ganz bestimmt nicht zu ihren Eltern zurück. Was mit Benjamin wird, weiß ich nicht. Er wohnt ja noch gar nicht so lange hier.«

»Lauren wollte auch unbedingt zu Hause raus«, erinnerte ich mich plötzlich. »Sie hat es da kaum noch ausgehalten.«

Stefan nickte. »Ihre Mutter ist furchtbar. Hat dauernd Stress gemacht. Das hat sie nun davon.«

»Warum durfte Lauren denn nicht ausziehen? Sie hat Claire total darum beneidet, dass sie hier wohnen durfte, wusstest du das?«

Er blinzelte überrascht. »Na ja, Claire ist ja auch zu Hause rausgeflogen. Die hat kaum noch Kontakt zu ihren Eltern.«

»Rausgeflogen?« Das hörte ich heute zum ersten Mal.

»Sie hat sich furchtbar mit ihren Eltern verkracht. Es ging irgendwie darum, dass man sie in Weimar nicht angenommen hat.« Er verzog spöttisch den Mund. »Claire kann nicht besonders gut mit Ablehnung umgehen. Aus irgendeinem Grund hat sie ihren Vater dafür verantwortlich gemacht. Dass er seine Beziehungen nicht hat spielen lassen oder so. Dabei war sie eben einfach nicht gut genug. Aber das darf ja keiner sagen.« Er stützte den Kopf auf die Hände. »Vor lauter Wut hat sie ihm irgendeine kostbare Vase zertrümmert. Er sammelt Antiquitäten oder Porzellan, was weiß ich. Seltsame Verhältnisse.«

»Das hat sie dir alles erzählt?« Ich konnte es gar nicht glauben. Die beiden redeten doch kaum miteinander.

»Na ja, hab ich so mitgekriegt.« Er stellte rasch seine

Tasse in den Abwasch. »Julius' Vater könnte echt mal einen Geschirrspüler rausrücken. Ich bin froh, dass du hierbleibst«, fügte er etwas überstürzt hinzu. Er sah mich an, schien auf etwas zu warten. Da ich nichts sagte, ging er raus. Sonderlich traurig sah er eigentlich nicht aus. Fertig, ja – aber das waren wir alle. Mein Handy klingelte und ich fuhr zusammen. Lars!

»Wie geht's dir?« Seine Stimme klang so mitfühlend und lieb, dass ich beinahe wieder angefangen hätte zu heulen. Ich riss mich zusammen.

»Geht so. Wir hängen alle ein bisschen in der Luft.«

»Wirst du dort bleiben?«

»Ja, warum nicht?« Er war schon der Zweite heute, der mich das fragte. Ich dämpfte meine Stimme. »Es sieht so aus, als ob es da noch jemanden gab, der in Lauren verliebt war. Oder sie in ihn.« Ich erzählte ihm von dem Heine-Gedicht, das man bei Lauren gefunden hatte. Von dem gold-rosa Stift und dem Füller. Von den Tintenklecksen an Benjamins Fingern. Davon, dass ich Lauren mit Benjamin überrascht hatte. Und von dem seltsamen *Hate*-Foto auf dem Boden, mit der schwarzgeschmierten und unkenntlich gemachten Person an Benjamins Seite. »Das ist doch komisch, findest du nicht? Vielleicht hat Benjamin ja was mit ihrem Tod zu tun? Vielleicht war er in sie verknallt und sie wollte nicht oder umgekehrt und da hat er sie …«

»Nina«, unterbrach Lars mich.

»… oder Stefan. Der verbirgt auch irgendwas. Und

außerdem hat er auch den Füller benutzt. Ich sage dir, da stimmt was nicht. Vielleicht wollte er sie ja loswerden?«

»Nina«, sagte Lars wieder. »Auf der Party gestern …«

»Ist doch jetzt egal«, sagte ich hastig. »Das ist doch jetzt nicht so wichtig. Was hältst du von meiner Vermutung?«

»Gar nichts.«

»Was?« Ich schwieg verdattert.

»Lass mich doch auch mal was sagen. Auf der Party gestern war auch ein alter Schulfreund von mir. Der hatte Liebeskummer und hat mich angefleht, noch mit ihm in diesen Club zu gehen. Um seinen Exfreund eifersüchtig zu machen.«

»Exfreund?« Ich verstand nur Bahnhof.

»Er ist schwul. Jedenfalls habe ich ihm gesagt – eine halbe Stunde, länger nicht. Und dann sind wir noch ins *Pink Panther*. Und rate mal, wen ich da gesehen habe?«

»Wen?«, fragte ich dumpf. Ich hatte keine Ahnung, warum er mir das erzählte.

»Diesen Benjamin aus deiner WG. Er sah nicht aus wie jemand, der um seine Freundin trauert. Eher heiß verliebt, würde ich mal sagen.«

»Verliebt in wen?«

Lars seufzte ungeduldig. »In einen blonden Typen, der aussah wie Leonardo di Caprio, nur jünger und dünner.«

»Oh«, machte ich. Meine Theorie sackte zusammen wie ein Kartenhaus. Benjamin war schwul?

»Aber …«, krächzte ich.

»Jetzt mach dich nicht so fertig. Davon wird sie auch nicht wieder lebendig. Aber ich weiß, was ich gesehen habe. Der Typ steht nicht auf Mädchen, glaub's mir. Vielleicht wollte sie das ja nicht wahrhaben. Wer weiß, vielleicht war sie depressiv.«

Ich erwiderte nichts. Musste erst mal die Nachricht verdauen.

»Ich fahre in einer Stunde.« Lars riss mich aus meinen Gedanken. Und plötzlich konnte ich nicht anders.

»Kannst du nicht hierbleiben?«, presste ich heraus.

Er schwieg einen Moment lang. »Leider nicht«, sagte er dann leise. »Aber ich komme in zwei Wochen wieder. Dann bist du doch noch da, oder?«

»Ja.« Meine Stimme klang seltsam belegt.

»Halt die Ohren steif, Nina. Und ruf mich an, wenn du reden willst. Und wenn ich wiederkomme, machen wir was Schönes zusammen, okay? Ich verspreche es dir.«

»Okay«, flüsterte ich.

Er legte zuerst auf. Ich fröstelte plötzlich. Mein Blick huschte zum Fenster. Die Sonne war verschwunden. Dunkle Wolken zogen am Himmel auf, bauschten sich zu einer brodelnden Masse. Gleich würde ein Gewitter losbrechen.

18. Kapitel

Es hatte mit dem Gewitter doch noch bis zum übernächsten Morgen gedauert. Den gestrigen Tag hatte ich fast nur schlafend verbracht. Als ob mein Körper mich mit Gewalt zur Ruhe zwingen wollte. Jetzt radelte ich gerade zur Kanzlei, als der Regen losbrach. Die ganze Nacht lang hatte es fern am Horizont gedonnert und die Luft war so drückend schwül geworden, dass man kaum noch atmen konnte. Mein angekipptes Fenster hatte es fast noch schlimmer gemacht. Irgendwo hatten Frösche gequakt, Grillen gezirpt, immer lauter, immer dringlicher, bis ich es nicht mehr ausgehalten und das Fenster wieder zugeknallt hatte. Gefangen in meinem stickigen Zimmer, meinem ehemaligen Symbol der Freiheit, hatte ich auf dem Bett gelegen und den Stuhl beobachtet, den ich seit der Partynacht jeden Abend unter meine Türklinke schob. Sobald er sich bewegte, so hatte ich mir geschworen, würde ich laut anfangen zu schreien. Ein Bild blitzte kurz vor meinem inneren Auge auf – wie ich selbst mit blutverschmierten Klamotten in meinem Zimmer lag. So wie Jette?

Klitschnass kam ich in der Kanzlei an. Herrn Seibel fiel fast die Kaffeetasse aus der Hand.

»Du lieber Himmel«, rief er. »Trocknen Sie sich erst mal ab! Haben Sie denn keinen Schirm?«

»Ich komme doch mit dem Rad«, erwiderte ich.

»Ach so, natürlich«, murmelte er. »Kaffee?«

Ich nahm dankbar eine dampfende Tasse entgegen und zwang mich, das bittere Getränk zu schlucken.

»Frau Wagner hat heute auswärts zu tun«, plauderte er. »Da sind wir nur zu zweit. Wie war denn Ihr Wochenende? Sie sehen mir ein bisschen müde aus. Ach, noch mal so jung sein!«

Er lächelte mir gutmütig zu.

Und da fiel meine mühsame Fassade zusammen. Eine Träne rollte mir die Wange hinab. Ich fühlte mich plötzlich unendlich traurig. Wegen Lauren, wegen meines katastrophalen Sommers, wegen Lars, der mir auf einmal so weit weg vorkam wie auf dem Mond, ja sogar wegen Herrn Seibels verlorener Jugend, die schön gewesen sein musste, denn sonst würde er sich ja nicht danach zurücksehen, und in der garantiert keine Mädchen nach einer Party tot im Flur gelegen hatten.

»Oh, aber was ist denn … entschuldigen Sie, was habe ich denn …« Völlig perplex stand er vor mir und streichelte geistesabwesend seine Tasse.

Ich erzählte ihm alles. Fast alles. Meine komischen Vermutungen behielt ich für mich.

»Also jetzt gehen Sie um Himmels willen nach Hause, das ist ja entsetzlich«, sagte Herr Seibel immer wieder.

Ich schüttelte störrisch den Kopf. »Ich will hierbleiben«, sagte ich und sah ihn fest an. »Ich will Akten sortieren, kopieren, was immer es zu tun gibt. Es gibt doch immer was zu tun, oder nicht? Das hat Frau Wagner erst neulich gesagt.«

Er ließ mich in Ruhe und legte mir eine Liste von Akten hin, die ich heraussuchen, und Telefonnummern, die ich anrufen sollte.

»Wenn es Ihnen zu viel wird, geben Sie Bescheid«, sagte er behutsam. »Wenn Sie gehen wollen. Oder morgen zu Hause bleiben wollen. Oder ...«

»Alles okay«, antwortete ich und schenkte ihm ein Lächeln. »Wirklich.«

Und dann stürzte ich mich auf den ersten Fall. Das Ehepaar Born und ihr Hausbesitzer, meine alten Bekannten. Es sah ganz so aus, als würden sie mit ihrer Klage gegen den »Wessi«-Hausbesitzer durchkommen. Wenigstens etwas.

Aber nach zwei Stunden konnten weder Herr Seibel noch ich länger verleugnen, dass es eben doch nicht ging. Meine Hände zitterten, ich hatte ein Glas Wasser umgekippt und besonders weit war ich auch nicht gekommen, weil ich immer wieder ins Leere starrte und meine Gedanken abschweifen ließ.

»Jetzt gehen Sie nach Hause und legen sich ins Bett, Sie haben ja Augenringe wie ein Panda«, sagte Herr Seibel gegen Mittag. »Und morgen bleiben Sie am besten auch noch zu Hause. Erholen Sie sich, gehen Sie schwimmen oder so.« Er schüttelte leicht den Kopf. »Die armen Eltern. Das ist ja so furchtbar.«

Darauf gab es nichts zu sagen. Ich stand auf, nahm meine Tasche und taumelte ins Freie. Es nieselte immer noch ziemlich stark. Egal, meine Sachen waren ohnehin noch feucht von heute Morgen. Ich erhaschte einen Blick auf mich selbst in einem Schaufenster. Schrecklich sah ich aus. Zerknittert, bleich, die Haare von dem feuchten Wetter störrisch wie Putzwolle. Herr Seibel hatte recht. Aber schlafen würde ich nicht. Sondern endlich anfangen, Fragen zu stellen.

Die alte Weber guckte aus ihrem Haus, als ich angeradelt kam. Bei meinem Anblick verzog sie das Gesicht in einer seltsamen Mischung aus Besorgnis und Angst.

»Hat der Krankenwagen Sie diesmal nicht mitgenommen?«, rief sie.

Ich blieb stehen. Krankenwagen? Meinte sie den Notarzt für Lauren?

»Ich glaube, Sie verwechseln mich«, erklärte ich ihr und kam näher. Sie kniff die Augen zusammen und sah jetzt nur noch verwirrt aus.

»So was«, sagte sie dann. »Entschuldigung.« Das Fenster klappte zu. Die war nicht verrückt. Nur kurzsichtig. Ihre seltsamen Bemerkungen waren also nicht Ausgeburten eines senilen Gehirns, sondern … Auch das würde ich jetzt gleich klären.

Ich konnte laute Gespräche aus der Küche hören. Offenbar waren sie alle da, sogar Benjamin. Sehr gut. Ich würde mich schnell umziehen und dann endlich Klartext mit ihnen reden. Lange genug hatte ich nichts unternommen, war wie gelähmt gewesen. In meinem Zimmer schlenkerte ich meine nassen Turnschuhe ab. Undeutlich vernahm ich das Geräusch eines vorfahrenden Autos vorn auf der Straße. Das Klappen von Autotüren. Ich strampelte aus meiner klammen Jeans, stolperte und fiel auf die Knie. Und schrie laut auf.

Nicht vor Schmerz. Sondern vor Wut.

Vor mir auf dem Boden lag, fein säuberlich gefaltet und mit einem Gänseblümchen verziert, ein Blatt Papier. Ich zwang mich, es zu öffnen.

Wieder dasselbe.

Ein ausgedruckter Dreizeiler:

Komm, lass dich fallen
Es steht nichts auf der Welt
Zwischen dir und mir.

Jetzt reichte es. Ich hatte es so satt. Wer immer das war, wer immer mich hier aus der Ferne anhimmelte – denn darauf lief es ja wohl nun doch hinaus –, sollte mir gefälligst ins Gesicht sagen, was er von mir wollte, und mich nicht mit diesen heimlichen Aktionen erschrecken. Ich stieg fluchend in ein Paar Shorts, schnappte den Zettel und stürmte in die Küche.

»Jetzt will ich endlich mal wissen, wer von euch …« Ich brach ab. Meine vier Mitbewohner standen jeder in einer anderen Ecke des Raumes. Wie Steine, die ein Zelt nach allen Richtungen hin beschwerten. Und genau in der Mitte befand sich Hauptkommissar Ertl. Sein Kollege lehnte an der Spüle. Mir fiel seltsamerweise auf, dass beide schon graue Schläfen hatten, neulich waren sie mir viel jünger vorgekommen.

»Was wollen Sie wissen?«, fragte Ertl. Claire sah verheult aus, Julius weiß wie Kalk. Sie blickten mich erwartungsvoll an.

»Ich …« Der Zettel schien plötzlich zwei Zentner zu wiegen. Ich schloss schnell meine Faust darum. »Wer immer meine Cola austrinkt«, beendete ich lahm meinen Satz.

Der Kommissar öffnete den Kühlschrank. »Nehmen Sie halt die«, sagte er und zog eine große Flasche heraus. *Nina* stand mit fetter schwarzer Schrift auf dem Etikett, von mir selbst vor ein paar Tagen draufgeschrieben. »Scheint noch ungeöffnet zu sein.« Er lächelte nicht.

Ich senkte meinen Blick, nahm ihm die Flasche ab, öffnete sie zischend und goss mir ein überschäumendes Glas ein.

»Sie können gleich mit hierbleiben. Wir wollten Sie sowieso gerade noch dazuholen«, sagte sein Kollege. »Es interessiert Sie ja sicher auch, zu erfahren, woran ihre Freundin gestorben ist.«

»Ja«, sagte ich hölzern. Mir wurde heiß, dann eiskalt, dann wieder heiß.

»Sie hatte eine Menge Alkohol getrunken. Hartes Zeug. Aber das wissen Sie ja sicher.«

»Aber davon stirbt man doch nicht«, flüsterte Stefan.

»Nun, das würde ich nicht so pauschal sagen. Haben Sie in letzter Zeit die Nachrichten verfolgt? Kaum ein Tag ohne Komasaufen.« Er verzog angewidert den Mund.

»Aber Lauren hat doch kein Kampftrinken mitgemacht!« Stefan ließ sich nicht einschüchtern.

Hauptkommissar Ertl schüttelte den Kopf. »Nein. Deswegen hat sie auch noch nachgeholfen. Mit Moxycotron.« Urplötzlich machte er einen Schritt auf Stefan zu.

»Mox … was?«, stotterte der.

»Moxycotron. Kommt aus den USA. Eigentlich ein Schmerzmittel für Krebskranke. Auch ›Hillbilly Heroin‹ genannt, zu deutsch »Landeier-Heroin«. Weil es einen ähnlich berauschenden Effekt wie Kokain hat. Aber Sie wissen ja sicher, wovon ich rede.«

»Nein«, sagte Stefan. Man konnte es kaum hören. Ich sah ihn nicht an. Aus den Augenwinkeln nahm ich wahr, dass alle auf den Boden starrten. Auf ihre Fingernägel, die Wand, überallhin, nur nicht zu Julius. Ein Schmerzmittel.

»Sie wissen es nicht? Kommen Sie, wollen Sie mich

für dumm verkaufen? Das Zeug kursiert auch hier als Partydroge, das weiß doch jeder. Macht richtig schön high. Fast wie gutes Coke. Deswegen ist es ja so beliebt. Und Sie hatten doch an dem Abend eine Party, nicht wahr? Aber wissen Sie auch, dass es zusammen mit Alkohol schon bei kleinster Dosierung eine tödliche Kombination ergibt? Deshalb ist es noch bei einer anderen Gruppe ein Hit. Bei den Selbstmördern. Bei so einer Menge …« Der Kommissar schüttelte den Kopf. »Mit Party ist da nicht mehr viel. Nur noch Tod durch Atemlähmung. Ihre Freundin wollte wohl ganz sichergehen.«

Ich zuckte entsetzt zusammen. Lauren war erstickt! Sein Kollege, der bislang den altmodischen Herd gemustert hatte, als gäbe es nichts Spannenderes auf der Welt, wandte sich mir zu.

»Was meinen Sie denn, wo Ihre Freundin die Tabletten herhatte? In ihrer Tasche haben wir noch die leere Packung gefunden. Im Supermarkt wird sie die wohl kaum gekauft haben.« Es klang fast beiläufig, als ob er ein nettes Gespräch unter Freunden anfangen wollte.

Ich schwieg. Zuckte mit den Schultern und wagte es nicht, die anderen anzusehen.

»Herr Behnisch?«, fragte Hauptkommissar Ertl.

Julius erwachte aus seiner Starre. »Ist das eine Vernehmung?«

Ertl verzog leicht den Mund. »Natürlich nicht. Da gehen wir ganz anders vor. Hier wohnen ja Minderjährige, deren Eltern wir bei einer Vernehmung informieren müssten.«

Mein Gesicht brannte. Sollte mein erster Ausflug ins Erwachsenenleben etwa mit einem Polizeiverhör enden?

Er räusperte sich. »Nein, nein – das hier dient nur dem Sammeln erster Informationen.«

Julius sah ihn herausfordernd an. »Dann müssen wir Ihnen auch nicht Rede und Antwort stehen. Das weiß ich von meinem Vater.« Eine kurze Pause entstand, in der er mit dem Fuß scharrte. Dann fuhr er fort. »Aber ich habe nichts zu verbergen. Und ich habe nichts mehr mit solchen Sachen zu tun. Sie können gern das Haus durchsuchen. Ich habe keine Ahnung, wo Lauren das Zeug herhatte.«

Der Kommissar nickte, sagte aber nichts. Er schien zu warten.

»Wenn das so eine Partydroge ist, wie Sie sagen, ist die vielleicht einfach zu beschaffen?«, fragte Claire.

»Das ist leichter, als du denkst«, murmelte Benjamin.

»Genau«, sagte der Kommissar. »Wenn man die richtigen Leute kennt. Ist wie früher. Mit Beziehungen geht alles.« Er lachte freudlos auf.

»Kommt alles aus Polen, sagt mein Kumpel«, meinte Benjamin.

Wir anderen schwiegen noch immer. Ich kämpfte mit mir. Sollte ich erwähnen, dass das Heine-Gedicht meiner Meinung nach nicht von Lauren geschrieben worden war? Aber vielleicht würde man mich auslachen?

»Ist Ihnen sonst noch was eingefallen?«, fragte Hauptkommissar Ertl. »Wir wissen, dass es Spannungen zwischen der Toten und ihren Eltern gab. Laurens Mutter macht sich schwere Vorwürfe.«

»Na ja, Lauren hat auch mal so was Komisches gesagt«, meldete sich Claire.

»Was meinen Sie mit komisch?«

Claire sah aus irgendeinem Grund zu mir. »Du warst doch auch dabei, Nina. Als sie von Selbstmord geredet hat.«

»Was?«, fragte ich verblüfft.

»Neulich, in der Küche. Da hat sie doch was von Selbstmord gesagt, weißt du noch? An dem Abend, als wir ins Irish Pub sind.«

»Das war doch ein Witz!« Beinahe hätte ich gelacht. Wie absurd! Das konnte doch nicht Claires Ernst sein.

»Woher willst du wissen, ob das ein Witz war? Man kann in einen Menschen nicht hineinsehen.«

»So ein Unsinn«, sagte ich scharf. Der Kommissar schrieb etwas auf. »Hören Sie, man sollte eher mal überlegen, warum Lauren für ihr Abschiedsgedicht nicht ihren Lieblingsstift verwendet hat, sondern so einen komischen Füller. Das macht doch keinen Sinn. Wenn überhaupt jemand seine letzten Worte in Rosa verewigen würde, dann Lauren!« Meine Stimme versagte, mir kamen die Tränen. Aber jetzt hatte ich es endlich heraus, auch wenn mir ganz schwindlig vor Aufregung war. Claires alberne Bemerkung hatte das Fass zum Überlaufen gebracht.

»Ich … Mir ist noch was eingefallen.« Das war Stefans Stimme. »Auch wegen dem Heine-Gedicht.«

Jetzt hatte er die Aufmerksamkeit von allen. »Das passt schon, mit dem Gedicht. Mit welchem Stift sie es geschrieben hat, ist doch egal. Aber es stimmt, dass sie damit eine Nachricht hinterlassen wollte. Da bin ich mir ganz sicher.« Sein Blick war glasig, Schweißperlen rannen ihm an der linken Schläfe entlang. Seine Stimme klang zwei Oktaven tiefer als sonst.

»Warum?«, fragte der Kommissar.

»Weil ich mit ihr Schluss gemacht habe an dem Abend. Und der Grund war, dass ich mich in jemand anderen verliebt habe.«

»Haben Sie ihr das gesagt?«

Stefan nickte. »Es tut mir so leid. Aber gegen seine Gefühle ist man machtlos. Ich konnte sie doch nicht anlügen!«

Im Zimmer herrschte Totenstille, abgesehen von dem Geräusch, das Benjamins trommelnde Fingernägel auf seiner Jeans verursachten.

Die beiden Beamten wechselten einen kurzen Blick.

»Nun«, sagte Hauptkommissar Ertl zögerlich, »das macht Sinn, da haben Sie recht. Und auch Ihre Bemerkung.« Hier nickte er Claire zu. Sie lächelte traurig.

Und meine? In mir begann es zu brodeln. Ich schämte mich, ohne zu wissen, warum. Was war mit meiner Bemerkung? Nichts, wie es aussah. Die zwei Beamten verließen kurz danach das Haus. Für die Polizei war offenbar am wichtigsten, dass der Fall mit einem dicken Schlussstrich versehen wurde. Sie interessierten sich höchstens noch dafür, wo genau die Tabletten hergekommen waren und ob sie vielleicht ein paar Dealer hochgehen lassen konnten. Ein sauberer Selbstmord, glatt und logisch. Oder auch ein unglücklicher Zufall von Tabletten und Alkohol. Aber das war es nicht. Da war ich mir jetzt ganz sicher. Das war es nicht.

Der Füller. Der verdammte Füller. Dabei habe ich mich doch so bemüht! Ich darf jetzt keinen Fehler machen. Aber noch besteht kein Grund zur Panik. Die zwei alten Polizeihunde sind viel zu träge, um mir gefährlich zu werden. Ihre vorhersehbaren Fragen reizen mich fast zum Lachen.

Und außerdem bin ich so glücklich über das, was ich heute erfahren habe!

Es steht nichts auf der Welt zwischen dir und mir …

19. Kapitel

Kaum waren die beiden Männer weg, ging es los.

»Sag mal, hast du sie noch alle?«, fuhr ich Claire an. »Was erzählst du denen für einen Quatsch? Lauren hat nicht von Selbstmord geredet.«

»Aber ja doch! Das kannst du doch nicht vergessen haben!«

Ich war einen Moment lang sprachlos. »Claire, das war ein Witz. Wir haben rumgealbert. Das war so wie …« Ich suchte verzweifelt nach Worten, um diesem Ulk ein Ende zu machen. »Das war, wie wenn man sagt: Ich lach mich tot. Das meint man doch nicht wörtlich.«

»Ein Witz? Siehst du mich lachen? Und ich weiß, was ich gehört habe.« Claire war störrisch wie ein Esel. Es war einfach nicht zu glauben. Und wenn wir schon einmal dabei waren …

»Außerdem will ich, dass mir jetzt endlich einer mal sagt, was mit dieser Jette passiert ist! Und hört auf mit dem Schottland-Scheiß!« Ich spürte, wie ich mich immer mehr aufregte.

»Jette ist in der Psychiatrie«, sagte Julius müde. »Hat sich beim Ritzen in deinem Zimmer die Pulsadern angeschnitten und anschließend voller Panik bei der Weber geklingelt. War alles voller Blut. Du wärst ja wohl kaum hier eingezogen, wenn wir dir das gesagt hätten, oder? Wärst abgehauen, so wie all die anderen, die vor dir da waren.«

Was sagte der da? Es war nicht zu glauben! Wut, viel zu lange angestaute Wut quoll in mir hoch. Gleich würde ich wie ein Vulkan mit lautem Getöse ausbrechen, ich würde …

»Ist doch jetzt egal. Hast du Lauren den Scheiß gegeben?«, kam Stefan mir zuvor. Er sah Julius an, als ob er ihn gleich zusammenschlagen wollte. »Sie kann es ja wohl nur von dir gehabt haben. Wie konntest du das tun?«

»Ich hab ihr gar nichts gegeben«, wehrte sich Julius.

»Lüg mich nicht an!«, brüllte Stefan. »Ich wollte ja vor den Bullen nichts sagen, aber das ist ja wohl das Letzte! Jetzt, wo du es selber nicht mehr nehmen darfst, drehst du es anderen an? Die sich damit umbringen?« Er zerrte Julius am T-Shirt. Dieser stolperte ein Stück zurück und hielt sich schützend den Arm vors Gesicht, als ob er jeden Moment einen Schlag erwartete.

»Hört auf!« Benjamin zog Stefan weg. »Er sagt doch, dass er ihr dieses Moxizeug nicht gegeben hat.«

»Er lügt! Er lügt immer!« Stefan war fuchsteufelswild. »Ich kann es dir ansehen, wenn du lügst!«, schrie er Julius an. Ich musste ihm recht geben. Da war etwas in Julius' Gesicht. Sein flatternder, nervöser Blick. Die roten Flecken am Hals.

»Ich habe ihr keine Tabletten gegeben«, brüllte Julius, jetzt außer sich vor Empörung. Er schüttelte Stefan ab wie ein bockiges Kind und warf sich auf den Küchenstuhl. Dort legte er den Kopf auf die Arme und ruckte hin und her.

»Lass ihn!« Benjamin stellte sich schützend vor Julius, was fast grotesk wirkte. Immerhin war er einen Kopf kleiner als Stefan und Julius.

Ich schäumte immer noch über Claires idiotische Bemerkung und ließ meine Wut jetzt an Benjamin aus.

»Ich habe euch gesehen«, sagte ich zu ihm. »Dich und Lauren, nachts in der Küche. Hattest du was mit ihr?« Trotz allem, was Lars mir erzählt hatte, wollte ich verdammt noch mal eine Erklärung von Benjamin hören.

»Quatsch«, sagte er. »Da war nichts.«

»Das sah aber anders aus! Außerdem hast du den Füller benutzt. Du hattest am Tag nach Laurens Tod Tintenkleckse an den Fingern wie ein Erstklässler.«

»Was, du und Lauren?« Claire machte große Augen. Dann sah es fast so aus, als ob sie grinste. »*Du* bist ihre heimliche Liebe?«

»Bin ich nicht, verdammt noch mal. Und ja, natürlich habe ich mit dem Ding geschrieben. Hat ja wohl jeder hier, oder? Der Füller lag in der Küche rum, liegt er ja jetzt noch.« Benjamin rieb sich erschöpft die Stirn. »Ich habe sie nur getröstet. Sie hat sich bei mir ausgeheult, weil du«, hier wandte er sich zu Stefan, »immer abweisender zu ihr wurdest. Sie war total fertig. Hat schon geahnt, was da kommt. Dass du mit ihr Schluss machen willst.«

»Ach, und das soll ich dir glauben?« Stefan lachte höhnisch auf.

»Ja, das sollst du mir glauben. Es ist die Wahrheit. Ich …« Er rang nach Luft. »Ich steh nicht auf Mädchen.«

»Hä?« Julius sah verblüfft hoch, die Augen rot wie ein Kaninchen. Ich hielt die Luft an. Also doch.

»Echt jetzt?« Stefans Wut schien einer Art verdatterter Neugier gewichen zu sein.

Benjamin nickte. »Hat eine Weile gedauert, ehe ich es …« Der Rest ging in unverständlichem Gemurmel unter. Trotzdem wirkte er erleichtert.

»Aber der Zettel mit dem Gedicht«, meldete sich Claire. Benjamins Geständnis schien sie kaum zu erschüttern. »Dann war sie vielleicht in dich verknallt?« Sie sah fragend zu Julius.

»In mich?« Er sah ungläubig an sich herunter. Stefan lachte spöttisch. Und es war ja auch wirklich eine aberwitzige Vorstellung, dass die leicht kitschig-romantisch veranlagte Lauren heimlich in den schmuddeligen, launenhaften Julius verliebt gewesen sein sollte. An seinem Shirt klebte irgendwas Weißes, Eingetrocknetes. Frischkäse wahrscheinlich. Den aß er gern.

Einen Moment lang herrschte Ruhe.

»Und woher hatte sie nun die Tabletten?«, fragte ich in die Stille hinein. Außer Benjamins Outing hatten wir nichts Neues erfahren. Wir hatten uns im Kreis gedreht.

»Na, von ihm sicher«, murmelte Stefan. Julius schraubte sich aus seinem Sitz hoch. Stefan sprang sofort auf. Wollten sie sich etwa prügeln?

»Also gut«, sagte Julius. »Ich hatte Moxicotron in meiner Schublade.« Er wedelte abwehrend mit der Hand, als er sah, wie Stefan seinen Mund öffnete. »Nein, nicht, was du denkst. Ehrlich! Ich nehme so was nicht mehr. Es war von meinem Kumpel. Der wohnt noch bei seinen Eltern. Ich habe es für ihn aufbewahrt. Seine Mutter schnüffelt immer bei ihm rum. Er nimmt es manchmal, wenn er chillen will oder Kopfschmerzen hat oder ...«

»Und da gibt er es ausgerechnet dir?«, unterbrach ich ihn entgeistert.

»Ja«, sagte Julius ernst. Das erste Mal heute sah er uns direkt an. »Ausgerechnet mir. Denn bei mir besteht nicht die Gefahr, dass ich es ihm wegschlucke oder es verhökere, wie bei all den anderen.«

»Dafür spielst du Gott und schenkst es kleinen Mädchen mit Liebeskummer«, sagte Stefan.

»Nein«, sagte Julius aufgebracht. »Ich habe es Lauren nicht gegeben. Aber ...«

»Aber?« Wir hingen an seinen Lippen.

»Aber als ich am Samstag meine Schublade aufgemacht habe, um es Gregor«, er schluckte hastig, »um es meinem Kumpel zu geben«, verbesserte er sich, »da war es nicht mehr da.«

»Nicht mehr da?« Ich flüsterte mehr, als dass ich fragte.

»Nicht mehr da«, wiederholte Julius. »Mit anderen Worten«, hier sah er von einem zum anderen, »Lauren hat es geklaut.«

»Lauren hat nie was geklaut«, protestierte Stefan sofort.

»Dann gibt es nur eine Alternative.« Julius schüttelte sich eine Zigarette aus der Packung und hielt sie zwischen Zeige- und Mittelfinger, so fest, dass sie fast auseinanderbrach.

»Es war jemand anders und er hat es für Lauren geklaut. Wollte ihr vielleicht helfen. Sie beruhigen.«

»Oder sie umbringen.« Ich hatte laut gedacht. Die Luft im Zimmer schien zu gefrieren, die Gesichter der anderen wurden zu starren Masken.

»Oder das«, sagte Julius leise.

Warum können sie nur keine Ruhe geben? Warum müssen sie immer weiterbohren, weiter herumstochern, den Dingen auf den Grund gehen wollen? Lauren ist tot – Halleluja! Selbstmord, was bitte gibt es da nicht zu verstehen?

Ich darf mich nicht aufregen. Wenn ich mich aufrege, habe ich keine Kontrolle mehr über mich. Ich muss ruhig bleiben. Durchatmen. Die anderen ablenken. Es lief doch bislang alles so glatt.

20. Kapitel

Es war geradezu gespenstisch, wie abrupt und still wir nach Julius' letzter Bemerkung auseinandergingen. Als ob das eben Gesagte sich damit auf wundersame Weise wieder verflüchtigen würde.

Claire fing sofort an, einen donnernden Marsch auf das Klavier zu hauen. Es klang, als ob sie sich abreagierte. Ich saß wie betäubt auf meinem Bett. Ich blätterte geistesabwesend in meinem Skizzenbuch, in das ich noch nicht einen Strich gezeichnet hatte, seit ich in der Villa war. Seufzend legte ich es auf meinen Schreibtisch. Jette hatte sich also beinahe umgebracht. Absichtlich? Und Lauren? Ein kaltes Kribbeln rieselte über meine Haut. Das war doch nicht normal, dass gleich zwei Leute in einem Haus … Regte die Villa die Leute zum Selbstmord an, oder was? Wie in einem Horrorfilm? Einem verfluchten Haus? Gab es so was wirklich? Jemand knallte die Tür zu und verließ das Haus. Was sollte ich jetzt tun? Ich nahm einen Schluck von der Cola, die ich mit in mein Zimmer genommen hatte. Von nun an würde ich nichts mehr in den Kühlschrank stellen. Meine linke Hand umkrampfte immer noch den Zettel. Ich musste aktiv bleiben. Herausfinden, was zum Teufel hier vor sich ging. Mit dem Dreizeiler würde ich anfangen. Ich begab mich schnurstracks zu Claires Zimmer. Klopfte so lange und so laut, bis das Klavierspiel aufhörte.

»Ja?«, rief sie. Es klang gereizt. Ich trat ein.

»Claire, ich muss dir was zeigen«, begann ich ohne große Einleitung. »Ich hätte es dir schon längst zeigen sollen. Seit ich hier eingezogen bin, legt mir jemand so komische Sachen in mein Zimmer.«

»Was für Sachen?« Sie klang nur mäßig interessiert und blätterte in ihrem Notenbuch.

»Blumen. Und Schokolade. Solche, wie du sie hast. Die goldene.« Ich spürte, wie ich rot wurde.

»Im Ernst?« Sie sah mich belustigt an. »Meine Schokolade? Die ist aus der *Confiserie Schwarz*. Die kostet 'ne Menge. Ich dachte immer, ich bin die Einzige, die so viel Kohle dafür ausgibt.«

»Eben. Ich weiß auch nicht, was ich davon halten soll«, stammelte ich. »Du hast sie mir also nicht ins Zimmer gelegt?«

»Natürlich nicht. Ich meine, wenn ich gewusst hätte, dass du so darauf stehst, hätte ich dir natürlich was abgegeben.«

Ich fühlte mich irgendwie leicht gedemütigt. Sie schien das alles für einen Witz zu halten. Entschlossen zog ich die beiden Zettel hervor. »Da ist noch mehr. So komische Sprüche, Liebesgedichte, was weiß ich. Die hat mir jemand aufs Kissen gelegt.«

»Echt?« Sie griff nach einem der Zettel. »Hast du

einen heimlichen Verehrer? Wer sollte das wohl sein, der …« Sie verstummte. Starrte auf den Zettel und biss sich auf die Lippe. »Woher hast du das?«

»Hab ich dir doch gesagt. Es lag auf meinem Bett. Und ich wusste erst gar nicht, was ich davon halten soll, so ein komisches Geschreibsel, reimt sich nicht mal, aber ich glaube jetzt, dass es ein Liebesgedicht ist.«

»Es ist ein Haiku«, sagte Claire. Ein seltsames schlaues Lächeln erschien in ihrem Gesicht.

»Ein Haiku?« Wir hatten diese Gedichtform im Deutschunterricht durchgenommen, vor etlichen Jahren mal. Ich konnte mich nur noch vage erinnern. Claire schien sich ja bestens auszukennen. Ja, fast kam es mir vor, als ob sie das Gedicht *kannte*.

»Immer drei Zeilen, die erste hat fünf Silben, die zweite sieben, die dritte wieder fünf.« Claire ließ den Zettel mit einem spöttischen Grinsen auf den Boden gleiten.

»Hey!«, machte ich verblüfft.

»Sorry. Dachte, du brauchst das nicht mehr.« Sie wischte sich die Finger an ihrer Hose ab, als hätte sie etwas Schleimiges berührt.

»Nein, also ja, ich meine, ich würde ihn gern aufheben, um zu wissen, was das soll. Von wem das ist. Und ob es was mit Lauren zu tun hat. Die hat ja auch ein Gedicht aufgeschrieben. Angeblich«, setzte ich noch hinzu.

»Ich glaube nicht, dass das Haiku was mit Lauren

zu tun hat.« Claire wirkte auf einmal so abweisend. Kalt. Was war denn jetzt plötzlich? »Irgendeiner der Jungs hier ist wohl in dich verknallt. Ist ja nett, dass du mir das mitteilen willst, aber ehrlich gesagt interessiert es mich überhaupt nicht. Außerdem dachte ich, du hast einen Freund. Der Typ, den du zur Party angeschleppt hast.«

»Aber Claire«, wehrte ich mich verwirrt. Welche Laus war ihr denn jetzt über die Leber gelaufen? Offenbar war sie neidisch auf mich. »Ich habe keinen Freund. Lars ist nur ein Bekannter.« Und leider jetzt auch so weit weg, dass er das wohl immer bleiben wird, dachte ich. »Ich habe keine Ahnung, von wem die Gedichte sind, deswegen wollte ich sie dir ja zeigen.«

Claire sah mich nicht an. Sie fegte das Notenheft vom Flügel und klemmte ein neues an den Halter.

»Ich habe zu tun, ich muss üben«, sagte sie und strich die Seite glatt. Dann fing sie mit rasend schnellen Fingerübungen an.

Ich stand da wie bestellt und nicht abgeholt.

»Claire«, versuchte ich es noch einmal. Sie stoppte, die Hände theatralisch erhoben. Sie drehte ihr Gesicht zu mir, lächelte angespannt.

»Sieh mal – wer soll es schon groß sein? Benjamin? Wohl kaum, nach neuesten Erkenntnissen.« Sie gluckste. »Stefan? Sehr unwahrscheinlich. Er ist offensichtlich in jemand anderen verliebt. Bleibt nur noch einer übrig.« Sie sah mich lauernd an.

»Julius?«, fragte ich. Das war doch völlig unmöglich.

Claire antwortete nicht, sondern hämmerte in die Tasten.

Wie ferngesteuert ging ich zu Julius' Zimmer. Klopfte auch da an und wartete eine halbe Ewigkeit, bis ich ein ersticktes »Ja?« hörte.

Julius hatte alle Rollos heruntergezogen. Sein Zimmer war dämmrig, nur die Schreibtischlampe brannte. Wie eine Höhle, in der Julius auf dem Boden hockte, die Augen weit aufgerissen wie eine Fledermaus in einer Naturdokumentation.

»Was is?«, nuschelte er. Neben ihm stand eine halb volle Flasche Whiskey. »Willst du mich noch mal fragen, ob ich ihr die Tabletten gegeben habe, hm? Ihr habt doch alle keine Ahnung.« Er winkte ab.

»Wovon haben wir keine Ahnung?«, fragte ich.

»Wie sich das anfühlt, wenn alle denken, dass man schuld am Tod von jemandem ist! Und wie es sich anfühlt, wenn man es selber fast glaubt!« Er gestikulierte wild mit dem Arm herum und ich fragte mich, wie viel er in der kurzen Zeit schon in sich hineingekippt hatte.

»Das wollte ich dich nicht fragen«, sagte ich. »Es geht um was anderes.«

Er schien mich nicht zu hören. »Ihr wisst doch gar nicht, wie das ist, wenn man einen Vater hat, der dauernd irgendwas erwartet und nie mit dem zufrieden ist, was man macht. Der einen dauernd spüren lässt, dass man ein Loser ist.« Er drehte den Daumen nach unten wie ein despotischer Kaiser. »Eine Weile lang habe ich nur gekifft. Aber die Tabletten waren besser. Da ging das Gelaber von meinem Alten zum einem Ohr rein und zum anderen raus. War 'ne feine Zeit. Hey, ich hab sogar ein gutes Abi gemacht. Trotz der Pillen. Oder gerade deswegen?« Er kicherte leise und leicht irre vor sich hin.

»Julius«, begann ich erneut, aber er unterbrach mich.

»Er hat mir ein Motorrad geschenkt, wusstest du das?«

Ich nickte unwillkürlich.

»Eine Harley fürs Abi. Zuckerbrot und Peitsche. Und zwei Tage später habe ich sie zu Schrott gefahren. Und beinahe noch einen alten Opa mit hopsgehen lassen. Wenn ich nicht so einen Supervater hätte, wäre ich jetzt vorbestraft.« Er sah mich an, Tränen in den Augen. »Alles wegen den Pillen. Und wenn Claire und Stefan mich damals nicht überredet hätten, eine Entziehungskur zu machen ...« Er schniefte. »Glaub mir, ich nehm das Zeug nicht mehr. Und ich deale auch nicht damit. Und ich würde es nie jemandem einfach so geben!«

Ich wusste nicht, was ich sagen sollte. Es war, als ob auf einmal alles aus ihm herausbrach. Das hatte es also mit dem alten Mann auf sich, den er beinahe umgebracht hatte. Julius tat mir leid. Ich unterdrückte den Impuls, ihn kurz zu umarmen. Da war immer noch das Haiku.

»Schreibst du Gedichte?«, fragte ich kurz entschlossen und lehnte mich an die Wand.

»Was?« Er blinzelte mich entgeistert an. »Gedichte?«

»Haikus, genau genommen.«

»Heikos? Wovon redest du? Ich lese manchmal Science-Fiction.« Er deutete auf ein kleines Regal, auf dem ein paar Bücher standen, die meisten dunkelblau mit greller Schrift.

»Komm, lass dich fallen, es steht nichts auf der Welt zwischen dir und mir«, zitierte ich und kam mir unsagbar blöd vor. »Ist das von dir? Hast du mir das aufs Bett gelegt?«

Julius ähnelte jetzt mehr als je zuvor einem Bündel Lumpen. Die spitzen, hängenden Schultern, die wirren Haare, das graue T-Shirt. Und sein total verständnisloser Blick.

»Was?«, fragte er nur wieder. Mit leichtem Rascheln fiel ein Blatt von der Pinnwand hinter mir ab.

»Vergiss es«, sagte ich müde. Ein Blinder konnte sehen, dass Julius das Haiku noch nie in seinem Leben gehört hatte. Ich bückte mich, um das Blatt aufzuheben. Eine Adresse stand darauf. *Suchtberatung Nordstraße.* Mit Füller geschrieben. Was hatte Benjamin gesagt? *Es hat ja wohl jeder hier mit dem Ding geschrieben.* Was für einen Grund hätte aber Julius, Lauren umzubringen?

Ich griff nach dem Zettel und erstarrte. Etwas anderes auf dem Fußboden war in mein Blickfeld geraten. Halb versteckt, neben zwei Comics und einem alten, angebissenen Apfel lag ein Foto auf dem Parkett. Es zeigte Lauren und Julius nebeneinander. Sie lachten in die Kamera – sein Arm um ihre Schultern, in der Hand eine Bierflasche.

Fluchtartig stürzte ich aus dem Raum.

»He«, hörte ich ihn rufen. »Was genau hast du eigentlich gemeint? Bleib doch hier. Ich war das nicht mit den Tabletten, verdammt noch mal!«

21. Kapitel

Ich musste hier raus. Ausziehen. So schnell wie möglich weg aus dieser gespenstischen Villa voller Mitbewohner, die logen, perverse Collagen anfertigten, sich in mein Zimmer einschlichen, die kriminelle Vergangenheiten hatten – oder auch eine kriminelle Gegenwart, wer wusste das schon. Weg aus diesem Haus, das der Tod berührt hatte, weg aus dieser WG, in der niemand mein Vertrauter war. Ich hatte Claire fast für eine Art Freundin gehalten. Aber wie sie mich gerade abgefertigt hatte – das musste ich mir nicht bieten lassen. Und es sah ganz so aus, als ob Julius den Zettel mit dem Heine-Gedicht geschrieben hatte. Dieselbe Schrift wie bei *Suchtberatung Nordstraße*. Also hatte er etwas mit Laurens Tod zu tun. Warum log er? *»Er lügt immer!«*, hatte Stefan geschrien. Aber Stefan war auch nicht viel besser. Mit Lauren Schluss machen, aber trotzdem noch mal schnell mit ihr Sex haben? War das wieder einer seiner Witze? Ich schüttelte mich. Dann griff ich nach meinem Handy und rief Lars an. Er war nicht zu erreichen. Verdammter Mist. Von meiner Mutter hatte ich eine E-Mail bekommen. Übermorgen wären sie wieder zu Hause, sie hätten eine Überraschung für mich aus Frankreich.

Ich hatte auch eine Überraschung für sie – ich würde wieder nach Hause kommen. Sollte ich jetzt Biggi und Siggi anrufen? Oder zurück zu Franziska ziehen? Nach kurzem Zögern wählte ich ihre Nummer. Es dauerte ewig, ehe sie ranging. Sofort explodierte der Lärm ihrer kleinen Wohnung wieder in meinem Ohr. »Ich komme ja gleich«, schrie sie, noch bevor sie »Schmidt, Guten Tag?« sagte.

»Franziska, ich bin's, Nina!«

»Hallo, Nina! Wart mal kurz.« Sie legte das Telefon irgendwo ab und ich konnte sie beruhigend auf ihre Kinder einreden hören. Dann kam sie zurück und hatte offenbar eins auf dem Arm. »Da ist die liebe Nina dran«, sagte sie mit übertrieben sanfter Stimme. »Die immer so fein auf dich aufgepasst hat!«

Ich hörte ein Baby gurgeln. Dann grapschte es offenbar nach dem Telefon.

»Franziska«, setzte ich an. »Ich wollte fragen, ob ich ...«

»Nein, nicht in den Mund!«, schrie es aus dem Hörer. Ich schloss kurz die Augen. Konnte die Szene lebhaft vor mir sehen. Und das bis zum Ende des Sommers? Es *musste* noch eine andere Lösung geben.

»Gib der Mama das Telefon!«, schrillte Franziskas Stimme entnervt. Ich legte auf. Wahrscheinlich merkte sie es nicht einmal.

Ich starrte in den Garten hinaus. Die roten Blüten waren mittlerweile alle abgefallen. Es war dunstig, der Himmel trübe. Eine Amsel hopste auf dem Rasen herum, wahrscheinlich lagen irgendwo noch Krümel von der Party. Ganz weit weg konnte ich den Lärm der Großstadt hören, undeutlich, aber doch allgegenwärtig. So eine Riesenstadt. So anders als unser kleines Kaff zu Hause. Und da wurde mir klar: Ich würde auch nicht wieder nach Hause fahren. Sondern mir ein neues Zimmer suchen, ganz einfach. Ein winzig kleines, wenn es sein musste, in einer WG voller alter Omas und Katzen. Es war mir egal. Nur weg aus der Villa und nicht nach Hause zurück.

Es war noch nicht mal fünf. Zur Not musste ich eben meine Ersparnisse nehmen und in die Pension ziehen. Ich schnappte meine Tasche und radelte los.

»Jule? Hier ist Nina.« Ich saß in einem kleinen Café, vor mir lagen drei Lokalanzeiger mit Zimmerangeboten. Aber vorher wollte ich Jule anrufen und fragen, ob ich nicht doch noch bei ihnen einziehen konnte.

»Nina?« Sie klang außer Atem. Und nicht besonders freundlich. »Was ist denn?«

»Ich wollte mich nur mal wieder melden«, sagte ich. »Sehen, wie es euch geht.« Was für eine lahme Ausrede. Wir hatten auf der Party kaum miteinander gesprochen.

»Gut«, sagte sie knapp. »Wir malern gerade.«

»Oh, ist jemand ausgezogen?« Wie es aussah, hatte ich Glück.

»Nein. Lissy will ihr Zimmer verändern.«

»Ach so. Schade. Schön, meine ich. Schön für Lissy.« Ich kreiselte verzweifelt um mein Anliegen herum. »Ich hatte gehofft, dass ihr wieder ein Zimmer frei habt. Ich will nämlich ausziehen.« Endlich war es heraus.

»Das wundert mich gar nicht«, wetterte sie auf einmal los. »Mit was für Typen du da zusammenwohnst. Die sind ja asozial. Asozial!« Ihre Stimme kippte beinahe über.

»Ja, sie sind ein bisschen komisch«, entschuldigte ich mich. Von der toten Lauren fing ich lieber gar nicht erst an.

»Komisch? Einer hat ein Bier über Janek gekippt. Absichtlich! Und so ein Kerl mit Glatze hat Lissy eine verklemmte Zicke genannt! Weil sie sich nicht von ihm befummeln lassen wollte! Ich ...«

»Okay, tut mir leid«, unterbrach ich sie. »Deswegen will ich ja da weg. Kann ich bei euch einziehen? Ich teile mir auch mit jemandem das Zimmer, wäre nicht lange.«

»Wie soll das denn gehen? Willst du auf dem Fußboden schlafen?« Sie tat, als ob das die unsinnigste Vorstellung auf der Welt war.

»Ja, wenn's sein muss«, murmelte ich. Aber in Jules Welt war so etwas nicht möglich. Wahrscheinlich war das asozial.

»Tut mir leid«, schnappte sie, obwohl es überhaupt nicht so klang. »Das geht wirklich nicht. Du findest bestimmt woanders was, gibt ja genug Zimmer.«

»Okay, nichts für ungut. Viel Spaß beim Malern!«

Ich war so sauer. Sauer auf mich, dass ich diese dumme Gans überhaupt in Erwägung gezogen hatte.

Ich bestellte mir einen Tee und durchforstete die Zeitungen. Unzählige Zimmer zu vermieten, wer sagte es denn.

Eine Stunde und gefühlte eintausend Anrufe später war meine Stimmung in den Keller abgerutscht. Es war wie verhext, eine Art Déjà-vu meiner Wohnungssuche vor ein paar Wochen. Ich war zu jung. Man wollte nur Studenten. Man wollte nur Leute, die mindestens sechs Monate Miete zahlen würden.

Also doch Franziska? Den ganzen Tag lang Teletubbies und Möhrenmatsch? Oder vielleicht eine Pension? Ich versuchte es bei der Pension *Waldmann.*

»Wir sind komplett ausgebucht«, sagte eine freundliche Stimme. »Versuchen Sie es doch in der Pension *Sachseneck*, da ist vielleicht noch was frei.«

Das *Sachseneck* war voll, wie auch die Pensionen *Georgi, Auerbach* und *Wintergarten.* Die Jugendherberge war ebenfalls voll, aber da sagte man mir wenigstens, warum. Diese Woche fand irgendeine Baufachmesse in Leipzig statt sowie ein klassisches Musikfestival.

Die Pension *Probstheida* hatte noch ein Zimmer frei. Von dort aus hätte ich zwei Stunden mit dem

Fahrrad in die Kanzlei fahren müssen. Oder das *Hotel Schwan*, das war näher. Kostete auch nur lächerliche 75 Euro pro Nacht.

Ich war kurz davor, mein Handy in dem Café an die Wand zu klatschen. Aber ich durfte mich nicht unterkriegen lassen. Morgen würde ich weitersuchen, Zimmerangebote änderten sich ja jeden Tag. Kurz entschlossen stand ich auf und radelte in die Innenstadt. Schloss mein Fahrrad ab und ging in das erstbeste Kaufhaus, das ich sah. Solange es irgendwie ging, wollte ich mich von der Villa fernhalten.

In der ersten Etage wehte mir erstickender Parfümgeruch entgegen, präzise geschminkte junge Verkäuferinnen standen in ihren weißen Kittelchen herum und kamen mir alle vor wie Klone von Lauren. Ich floh in die zweite Etage. Der Geruch nach Leder und Schuhen und Koffern. Sachte strich ich mit den Fingern über elegante Reisetaschen, einfach nur, um etwas zu berühren. Ich ignorierte das »Kann ich Ihnen helfen« der Verkäuferin, die wie ein Stehaufmännchen aus ihrer Ecke hervorgeschossen kam. Schlenderte weiter im Takt der dudelnden Kaufhausmusik, lauschte den beruhigenden Geräuschen um mich herum. »Frau Schnabel, bitte die 325«, irgendwo zischten Espressomaschinen, ein Kind weinte. Ich wollte hier bleiben. Mich auf ein weiches Ledersofa fallen lassen und einschlafen. An nichts mehr denken müssen. Zwei Verkäuferinnen musterten mich. Es war klar, dass ich so kurz vor Ladenschluss keine Ledercouch für 4000 Euro kaufen würde. Ich fuhr mit der Rolltreppe weiter hoch. In ein Reich aus Teppichen und orientalischem Klimbim. Hier war es ruhiger. Dicke goldene Buddhas standen aufgereiht nebeneinander und lachten lautlos.

Einem Buddha über den Bauch zu streicheln bringt Glück, so hatte ich einmal gehört. Sachte ließ ich meinen kleinen Finger über das kühle Metall gleiten. Glück konnte ich wirklich gebrauchen. Neben den Buddhas hingen Schilder mit Weisheiten aus aller Welt. An einem blieb mein Blick hängen. *Luck comes to those who are prepared.* Das Glück kommt zu denen, die darauf vorbereitet sind.

Das war's! Ich würde dem Glück ein bisschen auf die Sprünge helfen und schon mal meine Sachen zusammenpacken. Plötzlich hatte ich es eilig, zurück in die Villa zu kommen.

Es schien keiner da zu sein und mein Zimmer sah aus wie immer. Ich atmete auf. Große Lust, jemanden zu treffen, hatte ich wahrlich nicht. Seufzend fing ich an, meine Sachen zusammenzutragen. Mit dem ganzen Papierkram auf meinem Schreibtisch würde ich anfangen. Ich griff nach einer Postkarte, die ich hatte schreiben wollen. Sie war nass. Meine Hand zuckte zurück. Und dann sah ich es. Mein Skizzenbuch! Meine Zeichnungen, an denen ich seit über einem Jahr gearbeitet hatte! Die Colaflasche war umgefallen und hatte ihren Inhalt darauf ergossen. Alles war verwischt, aufgeweicht, verschmiert, verdorben. Wie blöd war ich nur? Wie hatte ich nur so achtlos sein können? Überall waren braune Pfützen, selbst auf dem Boden, wo bereits ein paar Ameisen herumkrabbelten. Ich trampelte mit dem Fuß darauf herum, dabei konnten die Ameisen doch gar nichts dafür. Wenn ich nicht aufpasste, hatte ich bald den ganzen Haufen im Zimmer. Fassungslos setzte ich mich auf mein Bett. In dem Moment schoss mir ein Gedanke durch den Kopf.

Ich schnellte wieder hoch. Ich hatte die Cola heute Nachmittag neben mein Bett gestellt.

Und nicht auf den Tisch.

Ich will, dass Nina abhaut. Warum haut sie nicht ab? Was hat sie hier verloren? Sie verdirbt alles. Alles! Ich hasse sie!

Ich stehe vor dem Spiegel, mein Gesicht wutverzerrt. Ich atme tief ein. Als Kind wollte ich immer Theater spielen. Durfte ich nie. Dabei bin ich so gut. Ich lächele, noch etwas verkrampft. Dann entspannt. Freundlich. Kumpelhaft.

Lächelnd werde ich dafür sorgen, dass sie hier verschwindet. Eine Gedichtzeile fällt mir ein.

»Und bist du nicht willig, so brauch ich Gewalt . . .«

Goethe.

Ich liebe Gedichte.

22. Kapitel

Mein erster Impuls war, das Haus sofort wieder zu verlassen. Doch wo sollte ich hin? Es war mittlerweile schon fast neun. Ich hätte in irgendeinen Club, eine Kneipe gehen können. Doch was würde in meiner Abwesenheit in meinem Zimmer passieren? Es schien mir auf einmal sicherer, hier zu bleiben. Außerdem verstand ich nun gar nichts mehr. Warum schrieb mir jemand Liebesgedichte, schenkte mir seltene Schokolade, legte mir Blumen ins Bett – und machte anschließend das kaputt, was mir geradezu heilig war?

Was für ein perverses Spiel fand hier statt? Ich hatte Benjamin und Stefan noch nicht mit den Haikus konfrontiert. Das würde ich tun, sobald die beiden eintrudelten. Wo waren sie eigentlich alle?

Ich schob den Stuhl unter die Türklinke, zerrte die Gartentür mit Wucht in ihren Rahmen, schloss das Kippfenster und zog die Vorhänge zu. Dann machte ich meinen iPod an, stöpselte mir die Kopfhörer in die Ohren und drehte die Lautstärke voll auf. Ich wollte keine Außengeräusche hören. Wollte mich ablenken. Ich trank die zweite Colaflasche, die Mr Unbekannt gnädigerweise nicht ausgekippt hatte, wenn ich mir auch sicher war, dass sie vorhin noch zu gewesen war. Aber vielleicht litt ich mittlerweile schon unter Halluzinationen. Ich konnte mich nicht auf die Musik konzentrieren. Ich war so müde. So ausgelaugt. Ich gähnte. Ich riss die Augen auf, rieb sie, um wach zu bleiben, legte dann erschöpft den Kopf auf die Arme. Schlafen. Einfach nur schlafen. Fast fehlte mir die Kraft, aufzustehen und einfach nur auf mein Bett zu fallen. Irgendwo in mir war da was, so ein komisches Gefühl, dass diese Müdigkeit nicht ganz normal war, aber mein Bett war so weich.

So weich …

Jemand stach mit Nadeln auf mich ein. Ich versuchte, mich zu wehren, aber ich war wie gelähmt. Es brannte und zwickte, vor Schmerz wollte ich schreien, doch kein Ton kam heraus. Mein Kopf war wie mit Watte gefüllt, meine Arme waren ganz steif, es war so dunkel und so nass und wo war ich überhaupt, ich war irgendwo eingesperrt und jemand stach immer wieder zu. Ich schrie wieder – diesmal kam ein Röcheln aus meinem Mund – und wachte auf.

Ich hatte nur irgendwas Schreckliches geträumt. Erleichtert setzte ich mich auf, da spürte ich wieder so einen beißenden Stich. Was zum … ? Ich sprang auf, zerrte meine Decke weg und starrte fassungslos auf das sich mir bietende Bild: kribbelnde Ameisen, überall in meinem Bett! Und mein Laken ganz nass und klebrig. Der süßliche Geruch nach Cola. Meine Arme – feuerrot und voller Quaddeln, mein Bauch auch, es juckte und brannte überall.

Draußen war es hell, die Sonne schien durch einen Spalt in den schweren Vorhängen hindurch. Die Cola war leer. Mein Herz raste wie verrückt, mein Blick hetzte zur Tür. Der Stuhl stand noch genauso da wie am Abend zuvor.

Ein kühler Hauch streifte mein Bein, ich drehte mich langsam in die Richtung, aus der er kam.

Die Flügeltür zum Garten war nur angelehnt. Diese Scheißtür! Ich hatte sie doch gestern Abend so fest zugemacht, wie ich nur konnte! Aber es genügte ein bisschen Kraftanwendung von außen, um sie wieder aufzudrücken …

Ich zögerte genau eine Sekunde lang. Dann hatte ich das Gefühl, als ob in mir eine Feder schnappte, wie bei einem zu straff aufgezogenen Spielzeug. Etwas klirrte draußen im Korridor. Ich stieß die Tür auf, nahm eine Bewegung links von mir wahr und machte einen Satz auf die Person zu, die auf dem Boden kniete.

»Warst du das?«, schrie ich, rasend vor Zorn. »Hast du mir Cola ins Bett gekippt?«

»Immer schön langsam, Fräulein«, sagte eine tiefe Stimme, grobe Hände wehrten mich ab. Vor mir stand ein Handwerker im Blaumann, Zollstock in der Hand. »Sonst geht's ja wohl noch gut«, murmelte er verärgert.

»Die Ameisen in meinem Bett«, sagte ich, jetzt völlig konfus. Wer war der Typ? Was machte er hier?

»Ungeziefer auch noch. Wundert mich gar nicht«, murrte der Mann. »Da müssen Sie mich nicht so anschreien. Das ist Sache des Kammerjägers. Wir machen nur die erste Baukontrolle.«

»Was?«

»Baukontrolle. Wegen der Renovierung.«

»Renovierung?« Meine Haut brannte, meine Nase war verstopft und mein Kopf dröhnte. Also konnte ich nicht mehr träumen. Ich schob mich an dem kopfschüttelnden Mann vorbei.

Jemand war im Bad, die Dusche rauschte. Am Küchentisch saßen Claire und Julius. Ein Paar wie aus der Kaffeewerbung. Ich konnte Claires frisch gewaschene Haare riechen, Julius trug ein verdächtig sauber und ordentlich aussehendes Hemd.

»In meinem Bett sind Ameisen, ganz viele«, platzte ich heraus und hielt meine roten Arme hoch. Julius setzte klirrend seine Tasse ab.

»Igitt«, machte Claire.

»Die Viecher sind dort, weil jemand gestern Nacht Cola in mein Bett gekippt hat. Es kann nur einer von euch gewesen sein. Warst du's?«, fuhr ich Julius an.

»Hey, hey, easy«, sagte er verblüfft. »Hast du sie noch alle? Gestern hat sie mich auch schon so komisches Zeug gefragt«, beschwerte er sich bei Claire.

»Warst du's?« Ich schoss meine Frage wie einen

Pfeil auf Claire ab. Sie schüttelte entsetzt den Kopf. »Spinnst du, Nina? Was soll das denn?«

Ich fühlte, wie mir die Tränen kamen. Jetzt bloß nicht heulen. »Jemand war in meinem Zimmer ...«

»Also ich bestimmt nicht«, sagte Julius. »Abgesehen davon, dass ich beim besten Willen nicht wüsste, warum ich das tun sollte, bin ich erst vorhin von meinem Vater wiedergekommen. Du siehst ja, was hier los ist.«

»Und was ist hier los?«, fragte ich, etwas aus dem Konzept gebracht.

»Mein Alter lässt die Villa nun doch renovieren. Zu viel passiert hier. Bis dahin könnt ihr aber noch hier wohnen.«

»Vielen Dank auch. Eher ziehe ich ins Bahnhofsklo«, sagte ich wütend.

Er zuckte gleichmütig mit den Schultern. »Dann zieh halt aus. Dein Problem.«

Claire warf mir einen merkwürdigen Blick zu. »Vielleicht hast du die Cola ja im Schlaf umgestoßen?«, schlug sie vor.

»Und vielleicht haben die Ameisen eine Klassenfahrt in mein Zimmer gemacht?« Meine Stimme wurde immer kieksender.

Der Blaumann guckte zur Tür herein und rollte leicht entnervt mit den Augen, als er mich sah.

»Ist der Gashaupthahn im Keller?«, fragte er Julius. Der stand auf.

»Ich zeig's Ihnen«, sagte er.

Eine Hand tätschelte beruhigend meinen Arm. Claire. »Du siehst ziemlich fertig aus, Nina. Das mit Lauren hat uns alle ganz schön mitgenommen. Aber deswegen musst du doch nicht dauernd deine Freunde verdächtigen.«

Meine Freunde?

»Ich ziehe aus, sobald es geht«, sagte ich. Damit ließ ich sie stehen.

Benjamin kam gerade aus dem Bad. Der Spiegel war noch ganz beschlagen, der Geruch von einem Männerduschgel hing in der Luft. Er lächelte freundlich. Seit seinem Coming-out war er wie ausgewechselt.

Ich versperrte ihm den Weg. »Hast du die Ameisen in mein Bett gelockt?«

Sein Lächeln verwandelte sich in ein verständnisloses Grinsen. »Wie bitte?«

»Ameisen, in meinem Bett. Und Cola.« Ich hielt meine Arme hoch. Beinahe hätte ich ihm noch meinen Bauch gezeigt. Ich war wie benommen.

»Du musst echt aufpassen mit den Viechern. Ich hatte auch mal welche in meinem Zimmer. Alles Süße immer wegpacken.«

»Ich hatte nichts Süßes rumliegen. Jemand hat mir Cola ins Bett gekippt. Absichtlich, als ich geschlafen habe!«

Er zog die Stirn kraus. »Also, du meinst ... Absichtlich, sagst du? Warum denn? Bist du da nicht aufgewacht?«

»Nein«, flüsterte ich. Etwas stimmte hier nicht. Ich hatte so fest und lange geschlafen. Zum Glück hatte mir Herr Seibel gestern angeboten, dass ich heute zu Hause bleiben konnte. Es war bereits Mittag. Nicht mal die lärmenden Handwerker hatte ich gehört. Das passierte mir sonst nie. Das war nicht normal.

»Mal ehrlich, Nina, warum sollte denn jemand so was machen? Das hat bestimmt einen logischen Grund. In der Bude hier gibt es lauter undichte Ecken. Einmal habe ich eine Ratte im Keller gesehen.« Er verzog angewidert das Gesicht. »Wenn ich dir einen Tipp geben darf – zieh aus. Mach ich wahrscheinlich auch.«

»Was sagt ihr da? Hier sind Ratten?« Stefan kam aus seinem Zimmer, eine khakifarbene Tasche quer über den Oberkörper geschnallt. Benjamin nickte ihm kurz zu und verschwand in seinem Zimmer.

»Keine Ratten. Ameisen«, sagte ich.

»Ja, ich weiß, die sind hinten im Garten.«

»Nein, nicht im Garten. In meinem Bett.«

Er grinste. »Du bist eben so süß.«

Fassungslos hielt ich ihm meinen roten Arm vors Gesicht. »Findest du das lustig? Hast du die Viecher vielleicht in mein Zimmer gelockt?«

Sein Grinsen fiel in sich zusammen wie ein Kartenhaus. »Autsch! Das sieht ja fies aus. Entschuldige, ich hab's nicht so gemeint, sorry. Da hilft rohe Zwiebel. Aufschneiden und draufpressen. Besser als alles aus der Apotheke, glaub mir. Ich muss leider weg, sonst würde ich dich verarzten.«

»Schaff ich schon alleine«, brummte ich. Und dann würde ich packen und abhauen. Schon heute Abend würde ich woanders schlafen. Zur Not im *Hotel Schwan*. Ich hatte zwar immer noch keine Ahnung, warum jemand es auf mich abgesehen hatte, aber nach der letzten Nacht hatte ich auch kein Verlangen mehr, so lange auszuharren, bis ich es herausfand. *Bis ich so endete wie Lauren?* Dieser Verdacht nahm mir einen Moment lang den Atem. Bloß weg hier.

Na, wer sagt's denn. Sie zieht aus! Noch ein kleines Abschiedsgeschenk bekommt sie von mir. Damit sie hier nie wieder auftaucht.

Und tschüss!

23. Kapitel

In dem kleinen Laden an der Ecke kaufte ich eine runzlige Zwiebel und zwei Zeitungen. Die Zimmersuche ging schließlich weiter.

Als ich zurück zur Villa kam, dröhnten dumpfe Technoklänge aus Julius' Zimmer, während die Handwerker inzwischen im oberen Stockwerk herumkrochen. Ich hatte die Tür zum Garten verriegelt, damit nicht noch mehr Ameisen hereinkamen. Als ich in den Garten hinausblickte, fiel mir plötzlich etwas ein. Ein Stück Kindheitserinnerung, das ich total vergessen hatte. Bio sechste Klasse. Da ging es um Ameisenstraßen. Wenn Ameisen von einem Ort zum anderen zogen, bildeten sie sogenannte Straßen – eine lange Linie wandernder Ameisen. Davon war hier nichts zu sehen. Als wären sie geflogen. Oder …

Mir wurde kalt. Mein Arm juckte.

Die Zwiebel half überhaupt nicht. Meine Haut blieb rot. Stattdessen roch ich jetzt auch noch wie eine Küchenmagd. Entnervt schrubbte ich den Zwiebelsaft wieder ab und ging in die Küche, um mir ein paar Eiswürfel zu holen. Eine zusammengesunkene Gestalt im weißen Kittel saß dort mit dem Rücken zu mir am Tisch und rührte in einer Tasse herum. Stefan. Wieso war er wieder da? Er trug noch seine Pflegeruniform. Seine Schultern zuckten leicht. Heulte er?

Als er mich hörte, drehte er sich um. Seine Augen waren rot umrandet, doch als er mich sah, zog ein Lächeln über sein Gesicht.

»Nina! Setz dich doch mit her.«

Ich blieb stehen. »Was ist denn? Du bist doch vorhin erst weg?«

»Ich habe gerade …« Er stockte. »Laurens Mutter hat mich angerufen. Die Polizei hat Laurens Tod offiziell zum Selbstmord erklärt. Laurens Mutter denkt, dass ich Schuld daran habe. Sie war besinnungslos vor Wut.« Er schniefte. »Heute vor einem Jahr hatten wir uns kennengelernt. Lauren und ich. Es ist so unglaublich.«

Ich setzte mich zu ihm hin. Vor lauter eigenen Problemen hatte ich total ausgeblendet, dass Stefan gerade seine Freundin verloren hatte. Oder vielmehr seine Exfreundin.

»Du musst sie sehr vermissen«, murmelte ich.

»Ich fühle mich auch so schuldig. Aber wie hätte ich denn ahnen können, dass …« Er schien noch mehr zusammenzusacken. Ein Anblick, der mir das Herz abschnürte. Er sah auf einmal aus wie ein kleiner Junge.

»Hey!« Ich umarmte ihn. Er presste mich fest an sich. Ließ mich nicht los, auch nicht, als ich mich nach ein paar Sekunden von ihm lösen wollte.

»Nina«, wisperte er in meine Haare hinein. »Ich wollte es dir die ganze Zeit schon sagen, aber dann ging alles so schief, Laurens Selbstmord und dann die Polizei und …«

Ich versuchte, mich aus seiner Umklammerung zu entwinden, aber er drückte mich so sehr, dass ich kaum noch Luft bekam.

»Bitte …«, stammelte ich. Augenblicklich ließ er locker.

»Entschuldige. Ich wollte dir nicht wehtun. Aber wenn ich dich endlich mal in den Armen halten kann, dann …«

Eine Ahnung kroch urplötzlich in mir hoch. Konnte es sein?

»Stefan!« Ich schloss kurz die Augen. Öffnete sie wieder und sah ihn an. »Hast *du* mir Liebesgedichte geschrieben?«

»Ja.«

Einen Moment lang glaubte ich, mich verhört zu haben.

»Die Dreizeiler, die Haikus, das *mein Arm streift deinen*, das war von dir?«

»Hat es dir gefallen?«

»Gefallen? Weißt du eigentlich, was du mir für einen gottverdammten Schrecken damit eingejagt hast? Und die Blume? Die Schokolade? Warst du das auch?«

»Ja. Ich wollte dir eine Freude machen. Du warst so allein und ich fand dich vom ersten Tag an total süß.«

In meinen Ohren rauschte es. Ich betrachtete seine leuchtenden Augen, seinen Mund, der diese unglaublichen Sätze von sich gab, seine sauberen Pflegerhände, die meinen roten, juckenden Arm streichelten. Dann erinnerte ich mich plötzlich an seinen Gesichtsausdruck, als er mich mit den roten Blüten in der Hand gesehen hatte. Als er mich mit Lauren im Obergeschoss überrascht hatte. Und als er mich nahezu bedrängt hatte, doch bitte nicht auszuziehen. Auf einmal machte alles Sinn. Seine Bemerkungen, seine Blicke, sein Durch-die-Haare-Wühlen und sein Unmut, als Lars auftauchte. Gleichzeitig war es total absurd.

»Eine Freude?«, brachte ich schließlich heraus. »Warum hast du mir das nicht einfach gesagt? Und außerdem hast du doch mit Lauren …« Ich brach ab. Fassungslos.

»Ich wollte nichts mehr von ihr, das musst du mir glauben. Aber dann hat sie sich bei der Party wieder an mich rangedrängt und mich angemacht und so. Ich bin doch auch nur ein Mann!«

»Auch nur ein Mann!« Ich lachte auf, verächtlich und ungläubig. Dann kam mir ein schrecklicher Gedanke. Stefan arbeitete doch im Krankenhaus. »Hast du ihr die Tabletten eingeflößt?«

Er zuckte zurück. »Natürlich nicht. Mensch, Nina, Drogen sind wirklich das Letzte! Claire und ich haben damals alles getan, um Julius zu helfen. Claire hat die Adresse von der Beratungsstelle rausgefunden und ich habe seinen Vater benachrichtigt. Ich wünschte, er hätte das verdammte Zeug nicht im Haus gehabt. Lauren muss das irgendwie mitgekriegt haben. Sie war so uneinsichtig, sie wollte es einfach nicht wahrhaben, dass es aus war.«

»Uneinsichtig.« Ich entzog ihm meinen Arm, aber er ließ nicht locker. Grapschte nach meinen Händen, drängte sich wieder an mich heran, schmiegte seine Wange an meine, seine Lippen streiften mein Ohr.

»Nina, ich liebe dich. Bitte gib mir eine Chance.«

»Stefan.« Ich bemühte mich, ruhig zu bleiben, denn irgendwie tat er mir auch leid. »Ich ziehe hier aus. Heute noch. Jemand hat meine Zeichnungen zerstört und die Ameisen sind auch nicht von selbst in mein Bett gekrochen.«

»Ich finde heraus, wer das war, ich schwöre es dir. Aber du darfst nicht ausziehen. Bitte bleib hier.«

Plötzlich hörte ich hinter mir ein leises Scharren. Ich wirbelte herum und erblickte Claire, die bleich in der Tür stand. Stefan und ich fuhren auseinander. Was musste sie von uns denken, nicht mal drei Tage nach Laurens Tod! Ich wäre am liebsten im Boden versunken.

»Hallo«, sagte Stefan. Scheinbar ungerührt.

Claires Gesichtsausdruck verzerrte sich eine Sekunde lang grimassenhaft, fast wie in einem dieser Zombiefilme, wo ein Gesicht innerhalb von Sekunden zu Staub zerfällt. So voller Abscheu sah sie mich an, dass ich sie kaum erkannte. Dann hatte sie sich wieder unter Kontrolle. Sie machte den Eindruck, als ob sie etwas sagen wollte, es aber in letzter Minute unterdrückte.

»Claire, wir …«, setzte ich an, aber sie ließ mich nicht ausreden.

»Die Handwerker wollen wissen, wo der Schlüssel zum alten Kohlenkeller ist.« Sie vermied es, uns anzusehen.

»Keine Ahnung. Julius weiß das sicher.« Stefan blickte auf seine Uhr. »Ich muss los. Wenn ich mich beeile, schaffe ich es noch rechtzeitig zur Spätschicht. Ich hoffe, du bist nachher noch da?« Das galt mir.

Claire drehte sich ruckartig um und ging raus. »Vielleicht«, sagte ich leise. Nur, damit er mich endlich in Ruhe ließ. Auf gar keinen Fall würde ich auch nur eine Minute länger in diesem Irrenhaus bleiben.

Als ich im Flur stand, hörte ich laute Stimmen im Vorgarten. Die Handwerker waren im Begriff zu gehen. Offenbar war der Kellerschlüssel nicht auffindbar, ich konnte hören, wie Julius halbherzig versprach, sich darum zu kümmern. Claire war in ihrem Zimmer verschwunden. Ich schämte mich so. Dabei hatte ich doch gar nichts gemacht.

Aber natürlich würde Claire das nicht so sehen. Für sie war es wohl Leichenfledderei oder so was in der Art. Bevor ich hier verschwand, musste ich das noch mit ihr klären. Und außerdem würden wir uns irgendwann demnächst auf Laurens Beerdigung treffen und ich konnte den Gedanken nicht ertragen, dass die Leute dort vielleicht dachten, ich hätte Lauren ihren Freund ausgespannt.

»Nina!«

Ich blieb stehen. Benjamin kam auf mich zu. In seinen Haaren glänzte Gel und er trug ein schwarzes Hemd mit einem hässlichen roten Muster, das aussah wie das Logo einer Gang.

»Kann ich dich mal was fragen?«

Ich seufzte unmerklich. Für weitere Beichten fehlten mir eigentlich die Nerven. »Klar«, sagte ich matt.

»Geht das so?«

»Was denn?«

»Das Hemd. Ist von Paul Smith.«

Ich musterte ihn kurz. »Und?«

»Ich treffe mich nachher mit jemandem. Im Laden fand ich es noch total geil, es war um die Hälfte reduziert, aber jetzt bin ich mir nicht mehr so sicher. Was meinst du?«

Was ich meinte? Ich konnte es nicht fassen. Während ich hier tausend Tode starb, Ameisen im Bett hatte, peinliche Geständnisse anhören musste, kein Zimmer fand und dauernd an die arme Lauren denken musste, hatte Benjamin Probleme mit seinem Outfit. Er sah mich erwartungsvoll an. Wie ein junger Welpe.

Ach, was sollte ich mich auch noch mit ihm anlegen. In absehbarer Zeit war ich hier weg. »Du siehst gut aus«, versicherte ich ihm. »Dein Date wird vor Freude an die Decke springen.«

Er zupfte geschmeichelt an seinem Kragen. »Danke.«

Die Haustür fiel schwer ins Schloss. Mister Blaumann war noch einmal aufgetaucht. »Junge Frau«, sagte er zu mir. »Bevor ich es vergesse: Da hinten im Garten, der Ameisenhaufen. Sieht aus, als ob da irgendjemand aus Versehen reingetreten ist, die Viecher rennen überall herum. Wollte ich Ihnen nur sagen, damit Sie aufpassen.« Er hob kurz die Hand zur Verabschiedung. Auf einmal sah er gar nicht mehr so grimmig aus, sondern wirkte eher besorgt.

»Na bitte«, sagte Benjamin. Er folgte dem Handwerker ins Freie. Sein Hemd glitzerte extravagant im Tageslicht.

Na bitte? Jemand war also aus Versehen hineingetreten? Um eine ordentliche Ladung Ameisen herauszuholen?

Oder litt ich wirklich unter Verfolgungswahn, wie Julius behauptete?

Wie naiv ich war! Als ob es damit getan ist, dass Nina auszieht! Nichts ist damit erreicht. Dabei habe ich doch alles versucht, mich so clever angestellt. Und dann kommt sie plötzlich ins Spiel mit ihrem schüchternen Getue, den großen Rehaugen … Das zukünftige Fräulein Anwalt, das auch noch so toll zeichnen kann. Widerlich. Ich zittere vor Wut.

Nicht aufregen. Einatmen. Ausatmen.

Sie muss völlig von der Bildfläche verschwinden.

Völlig.

Wie Lauren.

Das war doch ein schöner Anblick. Ich straffe meine Schultern und lächele.

24. Kapitel

Eine SMS von Lars. Er wollte wissen, wie es mir ging und ob es bei mir auch die ganze Zeit regnete. Außerdem schrieb er, dass er oft an mich dachte. Eigentlich dauernd. Eine warme Vorfreude breitete sich in mir aus. Wenn Lars zurückkam, hatten wir immer noch ein paar Wochen zusammen, bevor ich wieder nach Hause musste. Ich sah in den Garten hinaus, wo die Sonne jetzt alles in einen milchigen Sommerglanz tauchte. Das Wetter wurde besser. Alles würde besser werden, da war ich mir sicher. In zwei Wochen war das alles hier nur noch eine kurze, unangenehme Episode in meiner Erinnerung.

Ich wählte gerade die Nummer des *Hotel Schwan*, als es klopfte. Fast zeitgleich schob Claire ihren Kopf durch den Türspalt. Ich signalisierte ihr, kurz zu warten, denn in diesem Moment meldete sich die Rezeption am anderen Ende. Interessiert lauschte Claire meinem Gespräch. Mittlerweile gab es keine Einzelzimmer mehr, sondern nur noch Doppelzimmer. Für 100 Euro. Es war zum Verrücktwerden. Ich reservierte trotzdem eins. Irgendwo musste ich ja heute Nacht hin. Frustriert drehte ich mich zu Claire um. »Ja?«

»Sorry, dass ich vorhin bei euch beiden einfach so reingeplatzt bin.«

»Oh, das war nichts, absolut nichts«, sagte ich hastig. »Nicht, was du denkst.«

»Ich denke gar nichts.« Sie lächelte mich an. Ich lächelte erleichtert zurück.

»Willst du echt ausziehen?«

Ich nickte. »Nachher haue ich ab. Ich packe nur noch meine Sachen.« Meine Klamotten lagen über den ganzen Boden verstreut. Wo war eigentlich mein superteures neues Top? Das wollte ich anziehen, wenn ich im *Hotel Schwan* abstieg.

»Jetzt sei nicht albern.« Sie kam auf mich zu. »Ich hab doch gehört, dass sie nur noch teure Doppelzimmer haben. Warum hast du es denn so eilig? Ich habe das Gefühl, wir reden dauernd aneinander vorbei. Und dass du jetzt mit Stefan, ich meine …« Sie schluckte. »Das kannst du mir ja alles erklären. Komm doch kurz mit rüber zu mir, bisschen quatschen. Und außerdem habe ich noch was für dich.«

»Da ist nichts mit Stefan«, sagte ich erneut. Aber sie hatte recht. Irgendwie verdiente sie eine Erklärung. Ich konnte das mit Stefan nicht einfach so im Raum stehen lassen.

»Okay«, sagte ich. Mein Handy legte ich wieder auf meinen Tisch. Das Packen konnte ich nachher noch erledigen. Vielleicht fand ich auf wundersame Weise auch noch ein billigeres Zimmer. Unter Umständen hatte Claire einen Tipp. Claire strahlte mich an. »Ich hab was total Leckeres. Aus der Confiserie Schwarz.«

Mein Magen knurrte als Antwort. »Toll«, sagte ich.

Wir saßen auf dem Boden und aßen kleine, unglaublich köstliche Konfektstückchen, die aus mehreren komplizierten Lagen bestanden und im Mund zergingen. Seit Neuestem besaß Claire sogar einen eigenen winzigen Kühlschrank, aus dem sie eine Flasche mit altmodischem Etikett geholt hatte. Sie hatte mir einen Gin Tonic gemixt, als ob sie ihr Leben lang nichts anderes gemacht hätte. Die meisten in meinem Alter knackten nur Bierflaschen auf. Ich fragte mich zum wiederholten Male, aus welch vermögenden Verhältnissen sie stammte.

»Noch einen Schluck?« Jetzt zwinkerte sie mir zu. »Ist doch fast fünf. Ich würde sagen: Cocktail Happy Hour!«

»Lieber nicht. Ich kann doch nicht mit Alkoholfahne im Hotel auftauchen.«

»Und warum nicht? Meinst du, die haben das noch nie erlebt? Außerdem ist das nichts Hochprozentiges, ich trinke es meistens sogar pur. On the rocks. Gerade das Richtige für unsere Party. Prost!« Sie zwinkerte mir zu, goss mir einfach noch was ein und füllte es mit Tonic auf. Ich wusste nicht, was ich sagen sollte. Stattdessen nahm ich noch einen Schluck. Denn die Wahrheit war schlicht und ergreifend, dass ich noch nie in einem Hotel übernachtet hatte. Außer mal in Spanien mit meinen Eltern, als ich zehn Jahre alt war. Das zählte wohl kaum. Claire hingegen kam mir so viel weltgewandter vor, wenn es um solche Dinge ging. Es war so mondän, mitten am Nachmittag tranken wir Cocktails wie Leute aus alten amerikanischen Filmen. Sie hatte sogar Eiswürfel. Hatte sie gerade von einer Party geredet? Das war wohl leicht übertrieben. Aber ich musste zugeben, dass ich mich erstmals seit dem schrecklichen Sonntagmorgen sorglos fühlte.

»Bisschen bitter. Aber lecker«, sagte ich.

»Das ist das Chinin im Tonic. Wusstest du, dass die Engländer zu Kolonialzeiten in Indien immer Gin Tonic getrunken haben, damit sie nicht Malaria bekommen?« Sie strich sich die Haare aus der Stirn. An ihrem Handgelenk war ein hässlicher roter Fleck.

»Nein, wusste ich nicht. Was hast du denn da gemacht?« Ich zeigte auf ihren Arm.

»Am Ofen verbrannt. Aber was ist denn nun mit Stefan und dir?«

Ich nahm noch einen großen Schluck. Von dem Gin Tonic fühlte ich mich so gelöst und sorglos.

»Ich weiß jetzt, von wem die Haikus sind«, begann ich.

»Ich auch«, sagte Claire.

»Was?«

»Ich auch. Aber erzähl du erst mal.«

Mir fiel auf, wie gut Claire heute aussah. Die Haare weich und lockig, ein erwartungsvoller Glanz in den

Augen. Wenn sie nicht immer so verkniffen gucken würde, wäre sie richtig attraktiv. Wie in der Partynacht zum Beispiel. Meine Gedanken drifteten irgendwie ab. Was hatte sie gerade gesagt? Ich räusperte mich. »Stell dir vor, Stefan hat die Gedichte geschrieben. Das traut man ihm gar nicht zu, nicht wahr?«

»Nein, das traut man ihm nicht zu.« Sie nippte an ihrem Glas.

»Also jedenfalls hat er mir die Gedichte ins Zimmer gelegt, weil er sich in mich verknallt hat. Und auch die Blume. Und die Schokolade. Was ich dir neulich erzählt habe.« Ich hielt kurz inne und überlegte. »Die hat er wohl von dir geklaut?«

Claire verzog leicht den Mund und nickte.

Wie froh ich war, endlich alles loszuwerden. Ich wollte einfach nur die Beine ausstrecken und quatschen. Mich ausruhen. Es ging mir plötzlich total gut. Ich fühlte mich sorglos und frei. Der ganze Schrecken der letzten Tage schien von mir abzufallen wie schwere Winterkleidung im Frühling. Eine Sekunde lang musste ich überlegen, wo ich in meinem Bericht stehen geblieben war.

»Jedenfalls hat er mir vorhin gesagt, dass er mich liebt. Stell dir das mal vor. Das ist doch total absurd. Und die arme Lauren ...« Plötzlich kam mir eine furchtbare Erkenntnis. »Oh, shit, ich glaube«, stotterte ich, »das Mädchen, wegen der er mit Lauren Schluss gemacht hat, bin ich!« War ich damit für ihren Tod verantwortlich? Ein entsetzlicher Gedanke. Ich kippte meinen restlichen Gin Tonic hinunter. Das Zeug war gut. Es löste so ein wohliges Rieseln in mir aus.

»Ja, ich weiß«, sagte Claire wieder. Ihr Gesicht sah ein bisschen verschwommen aus. Ich blinzelte.

»Du weißt das alles?«, fragte ich verwirrt. »Woher weißt du, dass Stefan die Gedichte geschrieben hat?«

»Das habe ich nicht gesagt«, meinte Claire. Sie beugte sich vor und goss mir noch mal nach. Dabei sah sie mich prüfend an, fast, als ob sie etwas in meinen Augen entdecken wollte, eine Wimper oder so. »Ich habe gesagt, dass ich weiß, wer die Gedichte geschrieben hat. Trink ruhig, es ist genug da. Hey, die Sonne scheint wieder warm. Fast wie in Indien.«

Ich starrte auf ihre Hand, die die Flasche hielt. Ihren Arm. Da war etwas … Was war es nur? Und was meinte sie mit: *Ich weiß, wer die Gedichte geschrieben hat*?

»Das ist doch dasselbe. Stefan hat doch die Gedichte geschrieben.« Ich verstand gar nichts mehr.

»Nein. Das hat er nicht!« Sie sah einen Moment lang fast zornig aus. »Stefan hat keine Ahnung von Lyrik. Der denkt, Haiku ist eine japanische Kampfsportart. Die Gedichte sind von mir.«

»Was?« In meinem Kopf begann es zu klopfen. »*Du* hast mir Liebesgedichte geschrieben?«

»Natürlich nicht. Ich habe *Stefan* Liebesgedichte geschrieben.«

»Du?«

Sie lächelte. Legte ihre schlanken Klavierhände übereinander. Ihr Handgelenk war so rot … Und in diesem Moment wurde mir klar, was für Flecken das an ihrem Arm waren. Ich hatte genau dieselben an meinem Körper.

Es waren Ameisenbisse.

25. Kapitel

»Dein Arm«, sagte ich. Es war mehr ein Krächzen. »Das waren Ameisen.«

»Ja. Aggressive kleine Biester, nicht wahr? Aber das weißt du ja selbst. Können eine ganze Eidechse verputzen.«

»Wie meinst du das?« Ich konnte es nicht glauben. Wollte es nicht glauben.

Claire lächelte wieder. Sie sah vollkommen entspannt aus, beinahe amüsiert. Irgendwo tief in mir stieg eine leichte Übelkeit auf.

»Nun, um sie dir ins Bett zu legen, musste ich schließlich in aller Herrgottsfrühe raus in den Garten und in den verdammten Haufen stechen. Kein Spaß, glaub's mir. Auch nicht mit Gummihandschuhen. Die sind zwar nützlich, wenn man zum Beispiel jemandem was in die Tasche stecken und keine Fingerabdrücke hinterlassen will, aber richtig schützen können sie die Handgelenke nicht.« Sie seufzte resigniert.

»Wieso ... jemandem was in die Tasche ... was meinst du ...?« Ich kapierte nichts mehr. Alles war so verwirrend. Und ich fühlte mich so schwebend, so schläfrig und schlaff. Die Wände des Zimmers kamen auf mich zu und entfernten sich dann wieder, wie ein Akkordeon. Meine Hand hielt immer noch das Glas, ich beugte mich vor, um es abzustellen, aber es war, als hätte jegliche Kraft mich auf einmal verlassen. Das Glas polterte auf den Boden, fiel um und rollte ein Stück in Richtung Flügel.

»Na so was«, sagte Claire vergnügt. »Du verträgst ja wirklich nichts. Aber ich will mal nicht so sein. Ich geb dir noch was. Ist ja für 'nen guten Zweck.« Sie füllte das Glas wieder und hielt es mir hin. Ich reagierte nicht. Ich war wie erstarrt. Gedankenfetzen hetzten durch meinen Kopf, so unglaublich und so grauenvoll, dass mein Verstand rebellierte.

»Die Ameisen, das warst du?«, gelang es mir zu sagen. Ich konnte nicht richtig reden, meine Zunge fühlte sich an wie dreimal verknotet. War ich bereits betrunken?

»Ts, ts«, machte Claire. Sie griff nach meiner Hand, die schlaff hinunterfiel. »Ja, das war ich. Du siehst aus wie ein Engel, wenn du schläfst. Wahrscheinlich ist er deshalb so scharf auf dich.« Ihre Stimme klang mit einem Mal ganz rau und wütend.

»Mir ist schlecht«, stammelte ich. Heiße Wellen tobten durch meinen Kopf, das Zimmer schien sich zu drehen.

»Natürlich ist dir schlecht. Aber nicht mehr lange. Bald schläfst du wie ein Baby. Wie letzte Nacht. Hat die Cola geschmeckt?« Sie kicherte.

Ich wollte aufstehen. Aufstehen und wegrennen.

Aber es ging nicht. Ich kam nicht hoch und rutschte immer wieder ab. Claire sah mir zu und lachte.

»Nicht lustig«, keuchte ich.

»Nein, es ist nicht lustig, da hast du recht. Weißt du, was auch nicht lustig ist? Wenn man in jemanden verliebt ist, so verliebt ist, dass man alles für ihn tun würde. Wenn man ihm Gedichte schreibt. Die beste Zeit seines Lebens mit ihm hat, die besten Tage, die besten Nächte. Und wenn dann plötzlich so ein dummes Huhn mit Kriegsbemalung und Spitzen-BH auftaucht und er einen fallen lässt wie eine heiße Kartoffel. Nein, das ist nicht lustig. Das ist grausam.«

»Was?«

»Ohne unsere Hilfe wäre Julius früher oder später krepiert. Aber wir haben ihn gerettet, wusstest du das? Das verbindet.«

»Du … du und Stefan?« Trotz des schwammigen Gefühls in meinem Kopf fing ich an zu begreifen. *Claire kann Ablehnung nicht ertragen!* Wer hatte das gleich gesagt?

Aber sie redete mit sich selbst, nicht mit mir.

»Wenn man alles versucht, um denjenigen zurückzubekommen, aber nur verspottet wird. Wenn man noch ab und zu mal benutzt wird, sich jedes Mal Hoffnungen macht, die wieder zerschmettert werden. Ganz recht, du hörst richtig. Er hat noch ein paarmal mit mir geschlafen, als Lauren-Darling schon aktuell war.« Sie kaute auf ihrer Lippe herum.

»Wenn man nur noch ein Foto hat. Das tut weh. Mehr als alle Ameisen der Welt.«

Jetzt stand sie auf und lief durch das Zimmer. Rastlos wie eine Tigerin.

»Und wenn man dieses geistlose Geschöpf so sehr hasst, dass man sie umbringen könnte! Und sich dann eine einmalige Gelegenheit bietet, sodass man einfach nicht widerstehen kann. Julius lässt ja alles offen in seinem Zimmer rumliegen, total naiv und ...« Ihre Stimme brach ab. Verzweifelt versuchte ich aufzustehen und mich irgendwie bemerkbar zu machen. Claire war eindeutig völlig wahnsinnig. Ich konnte nicht glauben, was ich da hörte, aber noch schlimmer war dieses eisige Gefühl, das sich in mir ausbreitete. Ich war nicht betrunken. Genauso, wie ich letzte Nacht nicht einfach nur müde gewesen war.

»Was ist in dem Drink«, flüsterte ich. Ich konnte nicht mal mehr laut sprechen.

Sie fuhr herum. »Hör mir gefälligst zu! Aber weißt du, was wirklich, wirklich lustig ist, geradezu hysterisch lustig? Dass Stefan mit Lauren an demselben Abend Schluss gemacht hat, als ich sie aus der Welt geschafft habe. Ist das nicht ulkig? Es wäre gar nicht nötig gewesen. *Du* bist es, um die ich mich schon längst hätte kümmern sollen! An *dich* hat er meine Gedichte weitergereicht! Meine Schokolade!«

Sie sprang so plötzlich auf mich zu, dass mir vor Schreck Tränen in die Augen schossen. Mit ihrem

Arm streifte sie dabei einen Papierstapel, etwas rutschte heraus und segelte auf den Boden. Ein Löschblatt. Wer benutzte denn heutzutage noch ein Löschblatt? Ich blickte darauf – erst ungläubig, dann mit wachsendem Entsetzen. Claire hatte also auch mit dem klecksenden Füller geschrieben. Die Adresse an Julius' Pinnwand? *Aber wir haben ihn gerettet, wusstest du das?* Die Adresse der Drogenberatungsstelle. Stefan hatte es mir selbst erzählt, dass Claire die Adresse herausgesucht hatte. Sie hatte sie für Julius aufgeschrieben. Aber es war nicht nur das. Als Kind hatte ich oft genug ein Löschblatt benutzt. Und deshalb hatte ich auch keine Mühe, die Spiegelschrift-Abdrücke weiter unten darauf zu entziffern. »Mädch ... einen anderen erwä ... wiede ... den ersten besten ... Geschichte ... bricht d ... Herz entzw ... Das Heine-Gedicht.

Es hatte verdammt echt wie Laurens Handschrift ausgesehen. Aber Claire hatte den Text geschrieben.

Ich rutschte auf den Teppich, unfähig, mich noch länger aufrecht zu halten.

Claire stierte durch mich hindurch. »Und ich dumme Kuh habe geglaubt, dass er meinetwegen mit Lauren Schluss gemacht hat!« Sie schüttelte die Tonicflasche ein bisschen. »Was in dem Drink ist? Ist doch unwichtig. Du weißt doch, man kann heutzutage alles beschaffen, wenn man die richtigen Leute kennt.«

Bei den letzten Worten machte sie den Tonfall des

Hauptkommissars nach. Dann betrachtete sie mich mit der kalten Neugier eines Wissenschaftlers, der gerade im Begriff ist, eine Maus zu sezieren.

»Ich hab doch noch was für dich«, sagte sie, griff in ein Fach und holte eine Plastiktüte heraus, deren Inhalt sie auf den Boden schüttete. Es waren lauter bunte Stofffetzen und ich brauchte eine Sekunde, um zu erkennen, was es war. Mein Top. Mein bestes, schönstes, teuerstes. Claire griff sich einen Schnipsel und hob ihn zwischen zwei Fingern hoch wie einen Wurm. »Du brauchst das Top zwar jetzt nicht mehr, aber zeigen wollte ich es dir trotzdem, wäre doch schade drum, nicht? Wollte ich dir zum Abschied schenken. Aber damit ist es ja nicht getan. Stefan würde dir wahrscheinlich bis ans Ende der Welt folgen. Zeit für Plan B.«

Panik stieg in mir auf. *Du brauchst das Top zwar jetzt nicht mehr?* Oh Gott, dachte ich. Bitte nicht. Bitte nicht!

Ein befriedigter Ausdruck glitt über Claires Gesicht.

»Angst macht dich hässlich«, sagte sie.

26. Kapitel

Ich musste sekundenlang das Bewusstsein verloren haben, denn das Nächste, was ich sah, war Claires Ohr direkt vor meinem Gesicht. Ihre schwarz-blond gestreiften Haare. Wie ein Raubtier. Sie hatte mich hochgezerrt und ich hielt mich verzweifelt an ihr fest, obwohl ich doch nichts sehnlicher wollte, als von ihr wegzukommen. Aber es war, als hätte sich der Boden unter meinen Füßen in Gelee verwandelt. Ich konnte einfach nicht mehr stehen.

»Na, na«, sagte Claire. »Nicht so klammern.«

Es war grotesk. Abartig. Sie sprach mit mir wie mit einem Kleinkind. Schleifte mich dabei mehr oder weniger zu ihrer Tür, in den Flur hinaus. Angst raste durch meinen ganzen Körper, ein metallischer Geschmack breitete sich in meinem Mund aus. Blut. Ich hatte mir vor Stress auf die Zunge gebissen. Ich musste Claire zur Vernunft bringen.

»Bitte ...«, versuchte ich es. Die Worte quollen in meinem Mund auf wie Brei. »Bitte loslassen.«

»Loslassen? Wohl kaum. Dann klatschst du mir mitten in den Flur wie Lauren. Du schaffst das schon noch in dein Zimmer und dann kannst du schlafen. Wie ein Stein.« Sie kicherte.

Wir erreichten mein Zimmer, gegen meinen Willen stolperte ich mit hinein, als ob der vertraute Anblick meiner Sachen mir irgendwie Schutz bieten könnte. Claire gab mir einen Stoß, sodass ich mit dem Gesicht nach unten auf mein Bett fiel. Ich schnappte nach Luft. Bildete ich mir das nur ein oder wurde es immer schwieriger, Luft zu holen? Hatte sie mir dasselbe Zeug gegeben wie Lauren? Würde ich etwa ersticken? Es konnte nicht sein. Es durfte nicht sein! Mit größter Anstrengung drehte ich mich auf die Seite. Claire marschierte durch mein Zimmer zu den Flügeltüren. Im Garten saß Julius an dem Steintisch und las ein Buch.

»Hoppla«, sagte sie. »Da sitzt ja Julius, ich dachte, der wäre weg. Da machen wir mal lieber die Vorhänge zu, damit du nicht gestört wirst.«

Mit leisem Rascheln glitt erst der linke, dann der rechte Vorhang zu.

»Julius!« Meine Stimme klang leise, viel zu schwach. Sie drang nicht mal bis ans Ende des Zimmers.

»Hast du was gesagt?« Claire drehte sich um. Ich wusste plötzlich, an wen sie mich erinnerte. An so eine verrückte Krankenschwester in einem Horrorfilm, den ich mal gesehen hatte. Doch das hier war kein Horrorfilm. Das war mein Leben. Ich versuchte es noch mal.

»Julius! Julius!« Es klang lauter, aber nicht sehr.

»Gib dir keine Mühe.« Claire verschränkte die Arme über der Brust. »Der hat Kopfhörer auf.« Sie sah auf ihre Uhr. »Huch, ich muss los. Stefan hat bald Schluss, da will ich ihn doch überraschen. Du hast ja alles, was du brauchst.«

Sie beugte sich noch einmal über mich, so nah, dass ich die Poren auf ihrer Haut sehen und ihr süßliches Deo riechen konnte. Ich krallte meine Hand in ihren Ärmel, aber sie schnipste sie weg wie ein lästiges Insekt.

»Bitte«, keuchte ich. »Bitte!«

»Pffft«, machte Claire.

Und damit verschwand sie aus meinem Blickfeld.

Ich wusste nicht mehr, ob ich wach war oder träumte. Ein Teil von mir wollte einfach in dieses weiche Nichts sinken, sich nicht mehr anstrengen müssen, nachgeben. Ein anderer Teil tobte wie ein wildes Tier tief in mir: »Mach was! Reiß dich zusammen! Kämpfe!« Ich kniff mich mit aller Kraft in den Handballen, damit der Schmerz mich wachrüttelte. Meinen Kopf konnte ich hochheben, sehr gut. Mich auf einer Hand abstützen auch. Ich fixierte den Vorhang. Diese verdammte Schlange hatte komplett die Sicht versperrt. Bis auf das kleine Stückchen unten war alles zu. Ich keuchte vor Anstrengung, als ich auf dem Bett vorwärtsrobbte, um mich am angrenzenden Tisch festzuhalten und hochzuziehen. Herrgott noch mal, ich konnte sogar Julius' nackte Füße durch das kleine Loch sehen. Sie wippten im Takt zu irgendeiner beschissenen Musik, die er sich anhörte, während ich keine zehn Meter von ihm entfernt um mein Leben kämpfte. Ich *musste* es schaffen, seine Aufmerksamkeit zu erregen. Denn sonst ... sonst ... Tränen trübten meine Sicht, mein Atem ging stoßweise. Meine Eltern! Mein Bruder, meine Freunde. Lars! Meine Zukunftspläne! Sollte es das hier gewesen sein, dass ich, Nina Bachmann, durch eine Überdosis von »Hillbilly Heroin«, oder was immer zum Teufel es war, sterben musste – nur weil eine Verrückte auf mich eifersüchtig war? Wegen eines Jungen, der mir nicht mal etwas bedeutete? Ich stieß einen gequälten Laut aus, rutschte ab und krachte mit dem Kopf gegen mein Bettende. Der stechende Schmerz ließ mich aufstöhnen, riss mich aber aus meiner Benommenheit.

»Julius!«, krächzte ich verzweifelt. »Julius! Julius!« Es hatte keinen Zweck. Sein linker großer Zeh kratzte gerade den rechten Knöchel. Daneben war der Rasen jetzt ein bisschen dunkel. Ich wusste sofort, was das war. Der Schatten von dieser schrecklichen Teufelsfigur, der sich wie mir zum Spott da draußen ausbreitete. Im Flur klappte eine Tür. Claire! Oh Gott, kam sie etwa wieder zurück? Was hatte sie jetzt vor? Ich hörte Schritte.

Mein Handy! Es lag auf dem Tisch, direkt neben meinem Laptop. Wenn ich es nur erreichen könnte. Ich konzentrierte meine ganze Kraft darauf, mich wieder hochzustemmen. Biss mir vor Anstrengung noch mal auf die Zunge. Schweiß strömte aus allen Poren, meine Haut war kalt und klamm, obwohl es bullig heiß im Zimmer war. Meine Fingerspitze berührte das Handy. Ich schaffte es, ich schaffte es! Nein. Meine Finger waren zu glitschig. Das Handy schnippte weg, ich rutschte ab, stürzte aus dem Bett und riss das Laptop mit runter, in dessen Kabel mein Arm sich verheddert hatte. Mit lautem Knall krachte es neben mir auf den Boden und ich schrie vor Schmerz und Schreck auf. Dann wurde alles dunkel.

Und wieder hell. Der Mond schien, direkt vor mir. Mitten am Nachmittag? Ich blinzelte. Etwas zerrte an mir.

»Nina«, sagte der Mond. Es klang wie aus weiter Ferne. Eine tiefe Stimme. Meine Augenlider hafteten zusammen wie mit Heißkleber versiegelt. Ich riss sie auf. Der Mond war kein Mond. Sondern ein Gesicht. Ich kannte das Gesicht. War das Julius? Nein. Direkt vor mir sah ich jetzt seltsame rote Muster. Benjamin. Es war Benjamin in seinem schrillen Hemd.

»Nina«, sagte er wieder. »Was ist denn mit dir?«

»Claire«, flüsterte ich. Meine Zunge lag wie ein Fremdkörper in meinem Mund, wie eine riesige Weinbergschnecke.

»Claire?«

Ich holte Luft. Es tat höllisch weh. Und dann sagte ich es.

»Tabletten. Wie bei Lauren.«

Das Letzte, was ich sah, waren Benjamins Augen, die sich erschrocken weiteten.

27. Kapitel

Es war das Hemd, das mich gerettet hatte.

Das hässliche schwarze Hemd mit dem roten Muster. Schon halb auf dem Weg zu seinem Date hatte Benjamin plötzlich das Gefühl gehabt, völlig falsch angezogen zu sein, und war wieder umgekehrt. So erzählte er es mir, als er mich zwei Tage später mit Julius im Krankenhaus besuchte.

»Julius hat sofort den Notarzt gerufen. Er hat ihnen auch gleich gesagt, dass du wahrscheinlich eine Tablettenvergiftung mit Moxicotron hast, das hat Zeit gespart und dich gerettet. Wahnsinn.«

Wahnsinn hatte er schon mehrmals gesagt.

»Danke«, flüsterte ich. Meine Stimme klang ganz kratzig. Ich lehnte mich im Kissen zurück. Sprechen strengte mich immer noch an. Mein Hals brannte beim Schlucken, man hatte mir den Magen ausgepumpt. Etwas Ekligeres gab es wohl kaum auf der Welt. Claire hatte dem Tablettencocktail noch Schlafmittel beigemischt. In den Tonic, den sie selbst nicht getrunken hatte.

Benjamin schüttelte immer wieder ungläubig den Kopf. »Was ist nur in Claires Kopf vorgegangen?«

Ich zuckte mit den Schultern. Was Claire gedacht

hatte, das wusste wohl nur sie allein. Oder vielleicht nicht einmal das. Irgendetwas in ihr war übergeschnappt, wahrscheinlich schon vor langer Zeit. Probleme zu Hause, Ablehnung, die sie nicht ertragen konnte.

Julius hatte mir eine Kurzfassung der letzten Tage geliefert. Wie Claire doch tatsächlich in aller Seelenruhe vor dem Krankenhaus auf Stefan gewartet hatte. Wie sie ihn dazu hatte bewegen wollen, mit ihr im Park spazieren zu gehen. Und ihm, als er sich entnervt weigerte, irgendwas davon erzählt hatte, dass sie jetzt beide frei wären. Frei von mir und Lauren. Und wie Stefan die langsame und gruslige Erkenntnis gekommen war, dass da irgendetwas ganz und gar nicht stimmte. Die große Liebe, von der Claire mir berichtet hatte, war nämlich lediglich eine Angelegenheit von ein paar Tagen gewesen, ohne Bedeutung für Stefan. Das meiste davon hatte nur in Claires Fantasie stattgefunden.

»Stefan ist ganz verzweifelt«, sagte Julius jetzt zu mir. »Erst Lauren und dann du, alles seinetwegen.«

»Ich bin aber nicht tot«, erinnerte ich ihn.

»Natürlich nicht«, sagte Julius hastig. »Entschuldige. Ich meine …«

»Ist schon gut«, unterbrach ich ihn. Ich wollte nicht über Stefan reden. Vielleicht irgendwann später mal. Er hatte mir eine Karte mit dem Bild eines Geckos mitgeschickt. Wenigstens hatte er die selbst besorgt und nicht einfach nur weitergereicht wie die anderen Sachen …

Ich hatte auch keine Lust, über Claire nachzudenken und darüber, wo sie jetzt war und was wohl mit ihr geschehen würde. Benjamin berichtete, dass sie in U-Haft saß, und vermutete, dass sie in die Psychiatrie gebracht werden würde.

»In die Klapse«, sagte er. »Zu Jette.«

»Dann muss Stefan aber schleunigst auf eine andere Station. Sonst muss er die beiden noch füttern«, bemerkte Julius und da musste ich tatsächlich lachen, das erste Mal seit einer halben Ewigkeit. Julius sah mich erleichtert an.

»Ich weiß, wie schrecklich du dich fühlst«, sagte er dann leise. »Mir haben sie auch mal den Magen ausgepumpt.« Er sah so unglücklich und traurig aus, dass mir fast die Tränen kamen. Nicht mehr heulen, sagte ich mir. Das würde ich noch genug bei Laurens Beerdigung tun, die nun erst einmal verschoben worden war. Denn Laurens Tod war jetzt ein Mordfall.

Das Lachen eben hatte mir gutgetan. Ich wollte mehr davon.

»Was hast du mit dem Hemd gemacht?«, wandte ich mich an Benjamin.

»Nichts.«

»Gibt gute Putzlappen«, sagte Julius.

Benjamin winkte ab. »Nico gefällt es nicht. Ich hebe es auf. Der nächste Fasching kommt bestimmt.«

Nico. Sein neuer Freund. Wer die geheimnisvolle

Person auf dem *Hate*-Foto war, hatte er immer noch niemandem verraten. Aber das ging schließlich auch keinen was an. Und außerdem schienen Benjamin die Collagen auf dem Boden mittlerweile eher peinlich zu sein. Er hatte angekündigt, dass er ab jetzt lieber selber fotografieren und nicht immer nur die Werke anderer Leute zusammenkleben wollte.

»Ich finde, du solltest das Hemd einrahmen und an die Wand hängen«, sagte ich jetzt. »Es ist ein Lebensretterhemd!« Wir lachten wieder, auch wenn es meinem Hals wehtat.

Mein Vater kam zur Tür herein, ein Tablett mit drei Bechern Kaffee in der Hand. Meine Eltern waren dank Siggis und Biggis Telefon sofort benachrichtigt worden und aus Frankreich angereist. Auch Julius' Verdienst. Es tat mir leid, dass ich so viel Schlechtes über ihn gedacht hatte.

»Hier, die Herren«, sagte mein Vater wie ein Oberkellner und reichte die grauen Becher herum. Dann streichelte er meinen Arm. »Und, wie geht's, mein Schatz? Bald kannst du nach Hause, ich habe gerade mit dem Arzt geredet.«

Nach Hause?

»Nein«, krächzte ich erschrocken. »Ich will hierbleiben.«

»Im Krankenhaus?« Mein Vater sah mich überrascht an.

»In Leipzig.«

»Warum denn das, um alles in der Welt?«

»Weil ich meinen Ferienjob weitermachen will.« Das war nur die halbe Wahrheit. Der andere Teil der Wahrheit kam jetzt ins Zimmer, mit einem großen Strauß Blumen in der Hand. Lars.

»Dein Zimmer kannst du aber leider nicht mehr haben«, fiel Julius ein. »Mein Vater hat die Villa endgültig gesperrt, wegen Baumaßnahmen.«

»Was war denn nun mit dem Engel?«, fragte ich.

»Der ist wirklich nur abgefallen, auch wenn Detektiv Benjamin hier was anderes vermutet hat. Einer der Handwerker meinte, es sei ein Wunder, dass das Haus noch nicht zusammengebrochen ist.«

»Das mit dem Zimmer geht schon in Ordnung, Nina«, meinte Lars. »Es gibt da eine gewisse alte Dame, die dir gern ein Zimmer zur Verfügung stellt. Kostenlos. Es sieht nämlich gut aus mit dem Prozess.«

Er lächelte mich an. Ich lächelte stumm zurück. Das Wichtigste hatten wir uns schon gesimst. Und für das, was immer wir uns noch sagen wollten, brauchte es keine Zuhörer.

»Ach, und meine Oma hat mir auch noch was mitgegeben, damit du dich nicht langweilst.« Er zog ein Buch aus der Tasche und reichte es mir.

Ich hielt kurz erschrocken die Luft an. Dann warf ich einen Blick darauf. *Humorvolle Sommergeschichten.*

Gott sei Dank.

Keine Gedichte.